目次

偽りの春

神倉駅前交番　狩野雷太の推理

降田 天

角川文庫
22829

鎖された赤

もうこうするしかない。

何度も自分に言い聞かせながら、僕はその建物へ向かっていった。

くたびれた段ボール箱をふたつ積み重ねたような、飾り気のない直方体。壁は薄汚れてところどころ剝《は》げ、アルミサッシの引き戸は見るからに立て付けが悪そうだ。戸の上には大きな看板が掲げられている。KOBAN――。

うなじを炙《あぶ》られるような緊張を覚え、手に汗を握り込む。神倉《かみくら》駅前交番。これまでにも目にしたことはあるはずだが、意識して見たことはなかった。目立つ高さに設置された赤色灯や、掲示板に貼られた防犯ポスターが、眼球に突き刺さる。とりわけ「街頭犯罪対策実施中」と書かれた看板の脇に立つ警察官の姿は、僕の足を鈍らせるのに充分な威圧感を備えていた。

こんなふうに感じるのは、もはや僕が善良な市民ではないからだろう。

僕は少女を誘拐し、神倉市のある場所に監禁している。

その欲望がいつから僕のなかにあったのかはわからない。

狭く薄暗い部屋。赤い着物に身を包んだ少女。大事に世話をする男。

たぶん幼いころにテレビでそんな映像を見たのだろう。それは僕の網膜と心に刻みつけられ、夢と妄想で繰り返し再生されるうち、手で触れられそうな質感さえ伴うようになった。特に性的とは思えないその映像で、僕は性に目覚めた。

普通ではないと自覚したのは、中学生になって、友人たちとエロサイトをのぞき込んでいたときだ。興奮しないわけではなかったが、あの映像がもたらすものには遠く及ばなかった。単に程度の差ではなく、まったく違う感覚だという気がした。

僕は怯《おび》えた。その得体の知れない、けれど圧倒的な魅力は、僕を周囲から切り離し、どこかよくないところへ連れていく、そんな予感があったのかもしれない。僕は普通にエロ動画を見て、普通に猥談《わいだん》をかわし、普通に同級生の女の子と付き合った。高校生になると大急ぎでセックスを経験した。一方で自分はロリコンなのではないかと疑い、思い切ってそういうサイトをのぞいてみたりもした。

皮肉なことに、これらの行為は僕に確信を与えた。あの映像ほどに僕を昂《たか》ぶらせ、惹《ひ》きつけるものはない。

僕はあの映像を探した。改めて見たら案外どうとも感じないのではないかという期待と、純粋にもう一度見たいという願望が入り混じっていた。実は今も探している。古い映画やドラマを片っ端から漁《あさ》り、大学で入った映画サークルの仲間やインターネットに情報を求めているが、これだと思える映像には出合えていない。

あの映像は特別なまま、僕の体の深いところに息づいている。体温よりも少し熱く、心臓よりもゆっくりと鼓動する、欲望という名の生き物となって。

僕は二十歳になる今まで、長い間、そいつと共生してきた。誰にも知られないよう身の内に押し込め、閉じ込めてきた。だが生き物は成長する。大きく強くなって、出してくれと皮膚の下で暴れる。僕は懸命に押さえつけながら、しばしば自由に解き放ってやりたいという誘惑に駆られる。

神倉にある祖父の家を訪れたのは、そんなおりだった。

祖父といっても、僕が三つか四つのときに母方の祖母が再婚した相手で、血のつながりはない。彼は祖母とふたりで暮らしていたが、祖母が他界してひとりになり、昨年から認知症の症状が出はじめた。他に適当な親戚《しんせき》がいないということで連絡を受けた父は、祖父を同市の介護施設へ入れ、空き家になった祖父宅の様子をたまに見てくれと僕に頼んだ。僕は大学のある横浜でひとり暮らしをしており、神倉までは遠くない。面倒ではあったが、僕が中学のときに母が死んで以来、男手ひとつで面倒をみてくれた父の頼みだ。

世間の正月休みが終わり、大学の試験ラッシュが始まる前に、僕は神倉を訪れた。一月五日、それが運命の日になるなんて思いもせずに。

一年半ほど付き合っている莉央《りお》が一緒だった。観光地のよそいきじゃない顔に興味があるの、と首から下げたミラーレス一眼をあちこちに向けていた。「野良猫に餌《えさ》をやらないで」という貼り紙を撮る感性は、僕には理解できない。僕なら、光をはじいて波打

っている。だが僕たちは合っている。そういうところが僕たちは合っ
つ瓦《かわら》や濡《ぬ》れたような木の塀、苔《こけ》むした石段やそのひび割れから生えた草を撮る。だが僕が莉央の写真に口を出すことはないし、逆もしかりだ。そういうところが僕たちは合っている。

　父に教わった道順をたどり、車一台分の幅の長い坂を上っていった。子どものころには母に連れられて何度も来ているはずだが、不思議なくらい覚えていなかった。僕は家々の松飾りを初めて目にするもののように眺め、猫が横切るたびに首を伸ばして行き先を見やった。車も人もほとんど通らないので、莉央がシャッターを切る音が、冷たく澄んだ空気によく響いた。

　祖父の家は、その辺りでは最も高い場所にあった。他の家とやや離れていて、広い敷地を囲むブロック塀の上に、さまざまな種類の庭木が好き勝手に頭を出していた。家屋自体は、何の変哲もないスレート屋根の二階建てだった。

「昭和って感じ」

　莉央が構えたカメラをよけて、門柱にかかった表札に近づいた。塀を乗り越えてあふれ出している蔦《つた》を払うと、藤木《ふじき》という二文字が現れた。僕と同じ宮園《みやぞの》でも、母の旧姓でもない、祖父の姓。藤木、藤木、と頭のなかで唱えてみたが、下の名前は思い出せなかった。

　莉央が斜め前方にカメラを向けた。コンクリートが敷かれたそのスペースは、かつてはカーポートだったのだろう。役目を失ってどのくらいたつのか、雨よけには穴が開い

ていた。

「この分だと家の中も居心地がよくはなさそうだ」

ため息をつき、父から預かっていた鍵《かぎ》で玄関の引き戸を開けた。がたつくかと思いきや、驚くほど軽くからからと滑った。僕は急に、祖父はもう長くないだろうと思った。

「お邪魔しまぁす」

先に敷居をまたいだ莉央が、身震いして二の腕をさすった。カーテンを閉めきった家の中は外よりも冷え、埃《ほこり》のにおいがした。

冷たいスリッパの中で凍りつきそうな爪先《つまさき》を丸め、二階までひととおり見てまわった。祖父を施設に入れる際に父がいろいろ片付けたとは聞いていたものの、どの部屋も想像以上にすっきりしていた。必要なら掃除もするように頼まれていたが、とりあえずは換気をするくらいでよさそうだった。

「おじいさん、何してた人？」

絨毯《じゅうたん》にソファセットの応接間から、畳にこたつの居間へ移動した莉央が、鴨居《かもい》に飾られた先祖代々の写真を見上げて訊《き》いた。祖母の写真だけ、祖母だとわかった。なぜなら端っこにあって、ひとりだけカラーだったから。顔は覚えていない。

「小学校の教師だったらしいよ。最後は校長だったって」

「ほんとに付き合いなかったんだね」

「母さんはもともと、祖母の再婚に賛成してなかったみたいでさ。それでも孫が小さいうちはって見せに来てたようだけど、やっぱりうまくいかなかった、というかむしろ関係が険悪になったんだろうね。僕が八歳のときが最後って言ったかな。それからは連絡すら取らず、僕が『おばあちゃんち』のことを口にしたら、二度とそんな話はするなって怒ったよ。祖母の葬式にさえ出なかったくらいだ」

「それ、よっぽどだね」

莉央の瞳《ひとみ》に好奇の色を見て取り、僕はなんとなく話題を変えたくなった。

「校長先生の家と思って見れば、インテリっぽい雰囲気だな」

ありふれた和洋折衷の家だが、床の間に飾られた書や、凝った細工の欄間に、どことなく品のよさが感じられた。重厚な机を備えた書斎もあり、巨大な本棚には立派な装丁の海外文学全集がぎっしり詰まっていた。特にロシア文学が好みだったらしい。入りきらなかったと見え、本棚は二階の廊下にもあった。

「まったく覚えてないの？」

「うん、まったく」

そう答えたものの、実は家に入ったときから違和感があった。こんなに広かっただろうか。もっと狭苦しいイメージがあったけれど。

莉央は二階の本棚と、その横に置かれたカラオケセットを撮った。本棚の一部はCDとカセットテープを収納するのに充てられており、「おばあちゃんの恋人」というキャッチコピーで一世を風靡《ふうび》した演歌歌手のブロマイドがセロテープで貼られていた。

「おじいさんとおばあさん、いい夫婦だったんじゃないかな」

「僕にはよくわかんないけど」

「私と尊《たける》はセンサーが違うから。尊が書く映画の評論、私にはぴんとこないし」

そうやってあっさり割り切れるのが莉央のいいところだ。だが一方で、とうに慣れてしまった寂しさを感じもした。こんなに相性のいい莉央とさえ、自分のなかにある最も激しい感情を分かち合うことはできない。僕のセンサーは誰とも違う。僕はひとりぼっちで、いや、身の内に閉じ込めたあの生き物とふたりきりで、満たされない思いに耐え続けなければならない。

「おじいさん、他に近しい親戚がいないんだよね？　この家、どうなるんだろ。もしかして、何年後かに私たちがここで暮らしてたりして」

莉央がそういうことを言うとは思わなかったので、ちょっと面食らった。祖父と祖母が暮らしていた家で、僕と莉央が暮らす。

そのとき突然、本当に突然、祖父を近くに感じた。莉央の言葉よりもずっと、その感覚は驚きと衝撃をもたらした。顔も声も、何ひとつ覚えていないのに。

「ありかもね」

ほとんど上の空で応じた。莉央は僕の変化には気づかなかったようで、やわらかな長い髪を耳にかけながら「不便かなあ」とつぶやく声はごきげんだった。

トイレを口実に僕はその場を離れ、ひとりになって再び家の中を歩きまわった。祖父が近くにいるという奇妙な感覚は消えなかった。記憶もないのに、確かに感じる濃密な気配。

書斎でふと思い立ち、机の引き出しを開けてみた。祖父という人間に少し興味が湧いていた。

引き出しの大部分を占めていたのは、ノートや原稿用紙の束だった。重要そうな書類は見当たらなかったから、父がどこかに保管しているのかもしれない。原稿用紙には、若者には判読しづらいくずし字がびっしりと並んでいた。「僕が思うに、煎《せん》じ詰めれば教育とは洗脳であり」――自身の教育論だろうか。ノートには、読書の記録や自作とおぼしき俳句が記されていた。

しかし僕の関心はそこにはなかった。引き出しの奥の隅にひっそりとしまわれていたもの。引き出しを開けた瞬間から、原稿用紙やノートを読んでいるときでさえ、ずっと目の端に捉《とら》えていたのだ。

それは鍵だった。ふたつの鍵が、貝を赤いちりめんで包んだキーホルダーでまとめられていた。

どちらも鍵穴に差し込んで回すタイプだ。ひとつはディンプルキーというやつで、差し込む部分に大きさや深さの異なるくぼみがいくつも穿《うが》たれている。もうひとつは昔ふうの鍵で、差し込む部分はアルファベットのE、頭の部分は輪っか状になっている。映画で見たことはあるが、現物を見るのは初めてだった。

そうやって仔細《しさい》に観察していながら、なのに視界の中心に入れようとしない、この心の働きには覚えがあった。例の映像がもたらす特別な感覚に気づいたころの怯え。その魅力は僕をよくないところへ連れていくという予感。

けっして抗《あらが》えないのも同じだった。ついに直視したとたん、目が離せなくなった。キーホルダーをそっとつまんで持ち上げると、ふたつの鍵がぶつかって、きんと鳴った。とても小さな音なのに、心臓に響いた。身の内のあいつが蠢《うごめ》いていた。なぜだかわからない。だが、この鍵は僕たちを待っていたのだと、僕もあいつもはっきり感じていた。

「ここにいたの」

莉央の声と同時に、鍵をコートのポケットに滑り込ませた。

「遅いからおなかでも痛いのかと思ったら、何してるの？」

「おもしろいもの見つけたんだ」

とっさに原稿用紙やノートの束を示したが、口調が不自然だったかもしれない。特別な出会いに水を差した莉央に、僕は腹を立てていた。もっと言えば、連れてきたことを後悔していた。莉央が近づいてきて原稿用紙を手に取る、その足音やかすかな香りさえ不純物に思えた。

「ちょっと見てて」

にわかに疎ましくなった莉央を残し、足早に書斎を離れた。どこ行くの、と訊かれたが、聞こえなかったふりをした。

靴を履くのももどかしく、スニーカーの踵《かかと》を踏んで玄関を出た。広い庭へ入り、家の裏のほうへ向かってしばらく歩いてから、ようやく立ち止まってポケットの鍵を取り出した。

ひとりでじっくり眺めた鍵は、冬の透明な日差しを浴びて、鈍く穏やかに光っていた。すぐ横に真っ赤な花を咲かせた椿があったせいか、ほんのり赤みを帯びているようにも見えた。キーホルダーの貝を包む赤いちりめんに、マジックで何か書いてあった。四桁《けた》の数字、1818。祖父がメモしたのだろうか。

ふと、奥に古い建物があるのが目にとまった。漆喰《しっくい》の壁に瓦屋根の、それは土蔵だった。祖父はたしか蔵の掃除中に転んで腰を痛め、寝ついたのをきっかけに認知症が一気に進行したのだったか。風雨に汚され、雑草に包囲された蔵は、影のなかで息を潜めているようだった。つぼみの膨らみかけた紅梅が、傍らにそっと寄り添っていた。

それを目にしたとき、痺《しび》れに似た感覚が全身を走った。無意識に手のひらの鍵を見た。キーホルダーの赤が、目から頭へじわりと抜けていく感じがした。

吸い寄せられるように蔵へ近寄り、扉へ続く小さな石段を上った。扉だけは新しいものに替えたらしく、金属製の観音開きで、取っ手の横に金庫のようなダイヤルが、下に鍵穴があった。僕は不思議な確信を持って、鍵穴にディンプルキーを差し込んだ。かなり寒い日だったのになぜか汗ばんでいて、手のなかで一度ずるりと滑った。

鍵の回る音は想像以上に大きく、思わず後ろを振り返った。庭木の赤い実をついばんでいた小鳥が飛び去っただけで、莉央がやって来る気配はなかった。

少し迷ったものの、心に抗えず扉のほうへ向き直った。それから今度はダイヤルに手をかけ、キーホルダーに記された数字に合わせた。1、8、1、8。

つかんだ取っ手は冷えきっていたはずだが、まるで感じなかった。重く厚い扉を引き開けたら、薄く積もった土埃に筋ができた。

開いた扉の向こうには、また戸があった。こちらは木製の引き戸で、端に鍵穴が開いている。もうひとつの昔ふうの鍵を差し込んで回すと、がちゃんと錠の外れる音がした。

ところが、いざ開けようとするとびくともしなかった。

そこへ、「尊」と莉央の声が飛んできた。僕は舌打ちをこらえ、昂ぶりを隠し、むしろつまらなそうな表情を作って顔を向けた。

「ナイスタイミング、私」

雑草を踏んで近づいてきた莉央は、持っていた火かき棒のようなものを振ってみせた。火かき棒よりもL字の横棒の部分が長く、先端が小さく折れ曲がっていた。

「それは？」

「おじいさんの書斎で見つけたの。落とし錠、って知らない？」

どくんと心臓が鳴った。

「初めて聞いた」

「こういう蔵の戸によく使われてる錠なんだって。前に旅行先で見せてもらったことがあるんだ。この棒が鍵で、あれが鍵穴じゃないかな」

莉央は引き戸の下方中央を指さした。屈《かが》んで見れば、なるほど、縦に細長い四角い空洞があった。

「うろ覚えだけど、たしか閂《かんぬき》が敷居の穴に落ちて鍵がかかるんだよ。開けるときは、この鍵で閂を引っかけて上げるの」

「貸して」

鍵を受け取り、しゃがんで解錠を試みる僕の背後から、莉央は開け放たれた外側の扉を撮影した。

「大きな蔵には三重に戸があるものがあって、外から順に夜戸、外戸、昼戸っていうんだって。これはシンプルだけど、豪華に装飾された扉や凝ったデザインの錠も多いらしいよ。たくさん見比べたらおもしろいかも」

僕は返事をしなかった。そんなことよりも早く蔵の中を見たかった。

「夜戸の鍵は持ってたの？」

「かかってなかったんだ。貴重品もないだろうし、外戸だっけ、この戸の落とし錠だけで充分だと思ってたんじゃないかな」

嘘がすらすらと出た。できるかぎり他人を関わらせたくなかった。

落とし錠の解錠に成功し、僕は無言で立ち上がった。戸を引くと、今度はすんなり開いた。その向こうにはまた木製の引き戸があり、それが莉央の言っていた昼戸というものだろう。上半分が格子になっていて、外の光がぼんやりと蔵の中へ差し込んでいた。鍵らしきものは見当たらず、試しに引いてみたら軽やかに滑った。

「昼戸はね……」

莉央が何か解説していたが、鼓動がうるさくてよく聞こえなかった。目の前に口を開けた、狭く薄暗い空間に、体ごと意識が吸い込まれていくようだった。靴を脱いで中へ入るとき、踏み出した足が震えている気がした。息を吸ったとき、本当に全身がぶるっと震えた。かび臭くこもった空気。古い木と鉄のにおい。

「うわ、暗い。電気ないの、せめて窓」

ついて入ってこようとする莉央を、慌てて止めた。とっさに言葉が出ず、手のひらを突き出すことしかできなかった。

「えっ、何」

「入らないほうがいいよ。蜘蛛《くも》の巣だらけ」

かろうじて捻《ひね》り出した言葉には効果があった。遠慮します、と莉央は降参のポーズで後ろに下がった。

実際、蜘蛛の巣はひどく、顔や手に不快な感触がまといついてきた。板張りの床はささくれだらけで靴下が引っかかるし、抜けるのではないかと思うほどたわむところもあった。長いこと使われていなかったのだろう、物はあまりなく、古そうな木箱や行李《こうり》がいくつか置かれているだけだった。

僕は内部を眺めまわしながら、ゆっくりゆっくり奥へと歩いた。大きな蔵には三重に戸があるものがあると莉央は言ったが、この蔵はけっして大きくない。せいぜい六畳あるかないか。それでも歩くほどに闇が濃くなり、ねっとりと粘り着くように僕を包んだ。気がつけば口で呼吸をしていた。息苦しくてコートのボタンをひとつ外した。

「尊、いるんだよね。奥のほう、ちっとも見えないんだけど」

莉央の声がずいぶん遠くに聞こえた。蔵の中はまったく静かだった。もともと静かな土地ではあるが、外にいれば鳥のさえずりや羽音が聞こえるし、木枯らしがうなったり草木がざわめいたりもする。人の声や車の音が届くこともある。

「尊ってば」

最奥で戸のほうへ向き直った。淡い光。莉央のシルエット。ひとつだけ顔をのぞかせる梅のつぼみ。いずれも美しく、けれど驚くほど遠かった。いや、遠いから美しいのか。

突然、あの映像が目の前に浮かび上がった。狭く薄暗い部屋。赤い着物に身を包んだ少女。大事に世話をする男。

あまりの鮮やかさに息を呑《の》んだ。血管が膨れあがるのを感じた。震えが止まらなかった。

ここだ、と身の内のあいつが叫んでいた。

握っていた鍵が手のひらを刺した。確かに僕を待っていた鍵。

そうだ、ここだ。僕を待っていたのは、この蔵だ。

僕は糸のように細い息を吐き、ゆるゆると体の力を抜いていった。無理に押し込めるのをやめたら、かえってあいつの大きさがよくわかった。

「……ここなら」

初めて外へ出たそいつが、低くつぶやいた。その声は歓喜と昂揚《こうよう》のためにかすれていた。

「何？　尊、何て言ったの」

「今出てくって。莉央って意外に怖がりだったんだ」

震えも動悸《どうき》も嘘のように治まっていた。戸口へ戻っていく途中、二階へ続く階段に気を引かれたが、次の機会にとこらえる余裕もあった。

外から差し込む光を踏むところまで来たとき、昼戸にも鍵があることに気づいた。内側からかけるタイプの閂だ。夜戸にディンプル錠とダイヤル錠、外戸に通常の錠と落とし錠、昼戸に閂。たいそうなセキュリティだ。家の中からついてきていた祖父の気配が、ふと濃くなった気がした。

次に祖父の家を訪れたのは、二月三日だった。本当はすぐにも再訪したかったのだが、空き家の様子をたまに見に来るという建前のために、ひと月に一度くらいにしようと決めていた。この我慢はかなりつらく、待ち遠しさに身もだえしたものだ。

二度目に門を入るとき、自転車で通りかかった中年女性にけげんな顔で見られた。僕は進んで自己紹介をした。僕の立場はすぐに近所に知れ渡るに違いなかった。藤木先生のところ、お孫さんがときどき家の様子を見に来てるんですって、孝行ねえ、といった具合に。

不審に思われる心配もなくなり、僕はさっそく蔵の整備に取りかかった。まずは状態を把握することからだ。

外を一周して、窓は二階にしかないのを確かめた。窓の雨戸は閉ざされ、外から閂がかかっていた。外からの閂を奇異に感じたが、少し調べてみると、土蔵によくあるスタイルらしい。中へ入って軋《きし》む階段を上り、持参した懐中電灯で照らしてみたところ、窓の内側には鉄格子が嵌《は》まっていた。電灯や空調などの設備はなく、コンセントもなかった。警報器や監視カメラのような防犯機器も設置されていない。

二階はほとんど本ばかりだった。紐《ひも》で縛られた山もあれば、段ボール箱に詰められたものもあったが、いずれも濡れた形跡がないから、雨漏りの心配はしなくてよさそうだった。

一階の木箱のほうはというと、中身は花器や食器や掛け軸だった。それらを見ていくうちに、祖父がひところ骨董《こっとう》に凝っていたという話を思い出した。聞いたのは祖母の口からだったか。親指と人差し指で輪を作り、相当つぎ込んだのよ、と顔をしかめて笑ってみせた。そんな言い方よして、と遮った母の声は冷ややかだった。

祖父は集めた骨董を蔵に保管していて、そのために夜戸とその鍵を替えたのかもしれない。だが、のちに価値のあるものは売ったり譲ったりしたというから、残っているのはがらくたばかりなのだろう。行李の中には古い着物や反物、端布《はぎれ》などが入っていた。興味を引かれて広げてみたが、いずれも色あせて虫にやられていた。

僕は木箱と行李をすべて二階へ運んだ。

三度目の訪問は三月一日。蔵のそばの紅梅が満開だった。

その日は大仕事になった。始発で行って、掃除にほぼ一日を費やした。燻煙《くんえん》性の殺虫剤を使い、その効果を待つ間に母屋の座敷から剝がしておいた畳を、蔵に運び入れて一階の床に敷きつめた。

あらゆるやり方はネットが教えてくれる。ひとりですべてをこなすのは体力的にきつかったが、誰かに協力を求めるわけにもいかない。

莉央を伴ったのは最初の一回だけだった。僕が行くときに知らせることもなかった。互いを縛らない僕たちの関係は良好だ。

夜までかかって六畳の和室を完成させたときには、もうへとへとだった。疲れすぎて食欲も湧かず、おまけに頭のてっぺんから爪先まですっかり汚れてしまっていた。それでも僕は、舞台が順調に整いつつあることに浮かれていた。

おぼろ月夜に紅梅が香っていた。下腹部が熱くなるのを感じた。

次の訪問は四月十二日、いつもより間が空いてしまった。所属している映画サークルで、新入生の勧誘活動に駆り出されていたせいだ。やっと解放されたのが十一日だった。紅梅はすっかりこぼれてしまい、風でどこかへ運ばれたのか跡形もなかった。椿も落ち、赤い実も消えていた。僕は激しい焦燥に駆られた。赤がないだけで、風景はこんなに色あせて見えるのか。一刻も早く赤い花を植えなくては。摘んでくるんじゃない。ここに植えて、ここで育《はぐく》み、ここで愛《め》でる。散りも枯れもしない、ずっとここで咲き続ける、僕だけの赤い花。

蔵へ行き、最後の準備を整えた。昼の太陽、夜の月に代わって、花を照らす光。本当はろうそくがよかったが、火を扱うのはリスクが高いと判断して、電池でつくやわらかい明かりのランプにした。ひとつ、ふたつ、みっつ、花台を使って高さを変えれば、蛍が舞っているように見えなくもない。不本意ながら置かざるをえないおまるは、階段の陰と決め、衣桁《いこう》に布をかけて目隠しにした。壁の汚れが取れなかったところには、御簾《みす》を思わせるすだれをかけた。

戸口から眺めてみると、ほう、とため息がこぼれた。あとは少女に着せる赤い着物だけだ。まだイメージに合うものが見つかっていなかったが、焦る必要はないと思った。蔵が僕を待っていたように、着物も僕を待っているに違いない。

それからちょうど一ヶ月後の五月十二日、僕は祖父の家を訪れた。午前中たっぷり日に当てた布団に、真新しいシーツをかけ、蔵へ運び入れた。決行の日だ。

ふさわしい少女はすでに見つけてあった。きっかけは、四月に蔵を整えてから数日後におこなわれたサークルの飲み会だ。地方出身の新入生が、故郷について語っていた。

うちなんか茨城でも田舎で、一面の田んぼのなかに、数軒の家の固まりが点在してるって感じですよ。雑木林がわさわさ繁って、そのせいで夏なんか蝉の声がやばくって。日が落ちたら真っ暗ですよ。高校は電車通学でしたけど、単線で無人駅だし、本数は少ないし、すごく不便でした。あ、中学は自転車です、そう、ださいヘルメットかぶって。でもいちばん悲惨だったのは小学生のときですね。学校までかなり歩かなきゃいけないのに、近所に同じくらいの歳の子がいないから、行きも帰りもけっこうひとりで。今うちの隣に小学生の女の子がいるんですけど、その子も同じ境遇みたいで、これが地域格差かあ、なんて。

この話が僕には天啓のように思えた。大げさかもしれないが、なにしろ蔵の準備が整ってすぐのことだ。

さりげなく詳しい情報を聞き出して実家の場所をおおよそ特定し、さっそく行ってみることにした。横浜から最寄りの駅まで電車を三本乗り継いで二時間半弱、そこからは徒歩で約二十分。誘拐現場までの適正距離はわからないが、ちょうどいいように思えた。それに僕とは縁もゆかりもない土地だ。駅で見かけた市のPRパンフレットに、市の木は梅だと書いてあったので、ますます乗り気になった。

地図アプリのおかげで、新入生の家はすぐにわかった。彼が語った田舎の風景が誇張ではなかったことも。駅から離れるにつれて、建物や人はみるみる姿を消し、代わりに田んぼと雑木林が勢力を拡大していった。うららかに晴れた四月の夕暮れどきだというのに、のどかというより、どこか寂しげな印象を受けた。まだ田植え前で、広々とした地平が土の色をしていたせいかもしれない。あるいは、雑木林が想像以上にうっそうとしていたせいか。

新入生が隣と表現した家は、都会なら間に十軒は建ちそうなほど離れたところにあった。二階のベランダに干された洗濯物から、小学校高学年くらいの女の子が住んでいるのがわかった。

近くの雑木林に潜み、少女の帰宅を待った。長く待たされることはないだろうという気がしていた。少女のほうも僕を待っているはずだから。鍵が、蔵が、僕を待っていたように。

はたして三十分もしないうちに少女は帰ってきた。ショートパンツから伸びた脚がすらりと細い、子鹿を思わせるボーイッシュな少女。ぱっと目を惹く美少女ではないが、顔立ちは端整だ。夕日に照らされた白い肌はみずみずしく透きとおり、癖のないショートヘアはつやつやと黒い。

その姿を目に焼きつけた。胸が高鳴り、心が浮き立っていた。僕はたった今、初恋を経験しているのだと思った。

その日から半月以上、足しげく彼女のもとへ通った。ことさらに変装はしなかったが、伊達《だて》眼鏡をかけてみたりファッションの系統に変化をつけてみたり、多少の工夫はしたつもりだ。やがて少女自身はもちろん、家族の生活パターンまですっかり把握した。小学校から歩いて三十分の帰り道で、人に見られず少女と会える場所も絞り込んだ。当日は車で迎えに行ったほうがいいだろうと、念のために二度、それぞれ別の会社のレンタカーを借りて予行演習もした。

そして五月十二日、いよいよ本番を迎えた僕は、昂揚はしていたが緊張はしていなかった。まったくしていなかったとは言わないが、神経が冴《さ》えてむしろ快いくらいだった。夕方五時すぎ、また別の会社で借りたレンタカーを、少女の家から八百メートルほどのところにある雑木林の脇に停めた。そこは人も車もめったに通らず、道の曲がり具合と起伏の関係で周囲から見えにくい。少女は二十分くらいで後方から現れるはずだった。金曜日は小学校のクラブ活動があり、下校時間が普段よりも遅くなる。

午前中はいい天気だったのに、午後からは雲が出ていた。用心してかけていたサングラスを外してみても視界は薄暗く、エンジンを切ると蛙の声が聞こえた。田畑に人が少なかったわけだ。なおさら都合がいい。だが少女が傘を持っていないなら、降られたらかわいそうだ。その前に早くおいで、と心のなかで呼びかけた。

ややあってバックミラーに映った少女は、いつものようにひとりだった。エンジンをかけ、軽やかに近づいてくる姿を食い入るように見つめた。もうすぐだ、もうすぐ僕だけのものになる。あと二歩、一歩。

車から降り、少女に声をかけた。おばあちゃんが倒れて、お父さんもお母さんもおじいちゃんも病院へ行っている、僕はお父さんの部下で君を連れていくよう頼まれた——いかにも誘拐犯が言いそうなことだ。だが僕は少女の家族を知っていた。家のそばの雑木林に潜み、一家が利用しているスーパーの客に紛れ、ときには尾行までして、観察し会話に聞き耳を立てた。おかげで祖母が通っているフォークダンス教室も、そこで特に親しくしている仲間の名も、少女に対して両親だけが使う愛称もわかっていた。それらを巧みに織り交ぜて話したのがよかったのだろう。いざとなれば力ずくでと考えていたが、少女はみずから助手席に乗り込んだ。子ども用の携帯電話を持っていたが、それを使って確認するという頭は働かなかったようだ。

少女がそのことに気づく前にと、急いで、しかしあくまでも自然な速度で車を発進させた。ドアをロックし、外していたサングラスをかけた。

用意してあった紙パックのジュースを勧めると、クラブ活動と驚きでよほど喉《のど》が渇いていたのか、少女はむせそうな勢いでストローを吸った。注射器で睡眠薬が仕込まれているなどとは、夢にも思わずに。

少女はほどなく眠った。寝顔はあどけなく、しばしば見入ってしまいそうになり、運転に集中するのに苦労した。携帯を取り上げて捨てるのも忘れるところだった。

次第に込み上げてきた喜びで、ハンドルを握る手が小刻みに震えた。ついに、ついに、夢が現実になるのだ。少女のにおいを胸いっぱいに吸い込んだら、あまりの幸福感にめまいがした。

＊

五月十九日

紅子《べにこ》、紅子、と呼びかけると、一重まぶたがかすかに震えた。目を覚ました紅子は、自分が呼ばれているのだともわからない様子で、ぼんやりと蔵のなかを見まわした。黒髪が乱れ、瞳には靄《もや》がかかったようで、唇がうっすらと開いている。夢との境目にいるこのとき、紅子はいっそういとけなく見えて愛らしい。

着物の帯を解き、すっかり裸にして、濡らした手ぬぐいで体を隅々まで拭《ふ》いてやった。静脈の透けた耳殻の内側や、ぴんと張った足首の腱《けん》、指のあいだまで丹念に。紅子は最初こそ嫌がったが、今ではすっかり力を抜いて身じろぎもしない。僕にすべてを任せている。

喉に薄く指の痕《あと》が残っていた。またやってしまった。苦悶《くもん》の表情に見とれるあまり、強く押さえすぎたのだ。お詫《わ》びに次は美味しいお菓子を持ってこようと約束した。このごろ暑くなってきたから、涼しげな冷菓がよさそうだ。

八月廿七日

見事な無花果《いちじく》が手に入った。さっそく膳《ぜん》に載せて蔵へ運び、紅子に食べさせてやった。

僕の指に唇を寄せてくる様は小鳥のようで、ちゅるりと果汁を吸い込む音はさえずりに似ていた。

咀嚼《そしやく》するときの顎《あご》の動き、嚥下《えんげ》するときの喉の震え、それらを眺めるのは快い。殊に気に入りは、盃《さかずき》にほんのわずかな酒を注いで舐《な》めさせることだ。唇が盃の縁に押されてやわらかくつぶれ、濡れて色が濃くなったそこから、ほのかに熱を帯びた吐息がこぼれる。僕は酒の流れを追いかけ、唇から喉、喉から腹へと、指を這《は》わせてみずにはいられない。

着物を脱がしていく行為は、重なった花びらを一枚ずつ剝がしていくのに似ている。花のなかには真珠が隠れている。この季節、真珠の表面はしっとりと湿って光っている。尖《とが》った肩甲骨のあいだに赤いぽつぽつを見つけ、僕はそこに扇子で風を送ってやった。庭の夾竹桃が弱ってきたようだから、そろそろ汗疹《あせも》の季節も終わるだろう。

十一月七日

紅子と蔵で一緒にいるとき、自分がよく『花嫁人形』を口ずさんでいることに気がついた。赤い振袖《ふりそで》に身を包み、泣くに泣かれぬ花嫁人形。

僕はいつものとおり、紅子を人形のように膝《ひざ》に抱き上げ、すべすべした軀《からだ》じゅうをなでさすった。ときには一時間も二時間もなでつづける日もあるが、今日は紅子がほろほろと涙をこぼしたので途中でやめた。涙は口で啜《すす》ってやり、綺麗な細工の手鏡を持たせ、同じ細工の櫛《くし》で短い髪を梳《す》いてやった。

秋も深まり、蔵のなかはだいぶ冷える。紅子の手を僕の服の下へ導き、素肌に手のひらを当てさせた。足は僕が両手で包み、息をかけて温めてやった。特に冷えやすい末端部分、手足の指や耳たぶは、一箇所ずつ時間をかけて口に含んだ。

僕の大切な、美しい人形。いっそ本当に人形ならよかったのか。

昨日、久しぶりに小宮通りを歩いたら、七五三のお参りに来たらしい人々を多く見かけた。紅子もかつては七五三を祝われたのだろう。そしていずれは大人になっていく。そんなことを考えて暗澹《あんたん》たる気持ちになった。秋はセンチメンタルになりがちでいけない。

二月五日
寝返りを打つ度に巨大な乳房がごろんと転がる、僕の母は胸の豊かな女だった。しかし僕は肉感的な軀に魅力を感じないどころか、むしろ嫌悪を覚える。
紅子の軀はいい。ほっそりとしなやかで、清潔な感じがする。紅子に着物を着せるとき、僕はわざと少しきつめに帯を締める。すると薄い胸の下で、真っ白な骨が軋む音が聞こえる気がする。僕はそれを聞きたくて、締めながら胸にぴたりと耳を当てる。ときには喉を押さえつけて、清らかな血管が脈打つのを指で楽しむこともある。紅子の漏らす無垢《むく》な喘《あえ》ぎは、悦楽や媚《こ》びを知った女にはとうてい真似できないものだ。

昨夜からの雪があらゆる物音を吸収して、あたりは静まりかえっている。南天の実が落ちる音さえ聞こえそうな程だ。冬こそ、紅子の音を愛でるのに相応しい。恍惚《こうこつ》の日々ができるかぎり長く続くことを、僕はただ祈るばかりだ。

＊

僕は幸福の絶頂にいた。今まで幸福だと感じていたものは、脳が無意識に求めた代替品だったのだと知った。最後に莉央と会ったのはいつだったか。サークルに顔を出したのは。映画を観たのは。それらで自分をごまかしていたころにはもう戻れない。この幸福を永遠のものにするにはどうすればいいかと、悩み始めていた。いずれ少女は少女でなくなる。つるりとした若木のような体に余計な肉がつき、毛虫のようにいやらしい毛が生えてくる。無垢な魂だって、猜疑《さいぎ》心や虚栄心、狡猾《こうかつ》さや厚かましさをまとって、醜く肥満するかもしれない。少女が女になり下がったら、僕はどうすればいいだろう。

そんなとき、父から食事の誘いを受けた。五月になって気候もいいし、ゴールデンウィークが終わって人出も落ち着いただろうから、施設にいる祖父を訪ね、それから三人でどうかという話だった。僕は祖父にいくらか親しみを抱いていたから、素直に了承し、日曜日の三時に施設で落ち合うことになった。

祖父が入っている施設〈ひだまり〉は、祖父の家と同じ神倉市にある。僕が蔵を出ていこうとすると、すすり泣きが背中に聞こえた。最初によくしつけておいたので、喚《わめ》いたり暴れたりすることはないが、しょっちゅうこうして霧が辺りを濡らしていくような泣き方をする。

──きんらんどんすの帯しめながら　花嫁御寮はなぜ泣くのだろ

『花嫁人形』が唇から流れ出た。ひくっと喉が鳴る音がして、すすり泣きが止んだ。

「おいしいお菓子を買ってきてあげるよ」

僕は優しいほほえみを残して蔵を出た。外戸と夜戸、合わせて四つの鍵をかけ、貝のキーホルダーでまとめられたふたつはジーンズのポケットに、落とし錠のL字型の鍵は面倒でもいちいち母屋の玄関にしまう。助けを求める声も壁や戸を叩《たた》く音も、蔵の外には漏れてこない。

久しぶりに、僕の感覚では初めて対面した祖父は、いやに目のきれいな人だった。もはや世俗のありさまを映していないからだろう。僕をしばし見つめて口をもごもごと動かしたが、何を言ったのか、それが意味のある言葉だったのかもわからなかった。父には無関心だった。介護士が気の毒そうに言うには、たまに「しっかりする」こともあるらしい。そういうときには会話も成り立つのだそうだ。

夕食の予約時間に合わせて、父の車で施設を出た。祖父の腰はずいぶんよくなったようで、杖《つえ》も使っておらず、後部座席に乗り込むときも支えを必要としなかった。少し迷って隣に座った僕は、ポケットの鍵にそっと触れた。蔵にいるときのほうが祖父を近くに感じるのが不思議だった。

父が予約したフレンチレストランは、なかなかの人気店らしく、まだ六時前だというのに駐車場には何台か車が停まっていた。年寄りにフレンチはどうなのかと思ったが、意外にも祖父はコースを残さず平らげ、フォークやナイフを扱う手つきも危なげなかった。

僕たちと過ごした時間の大半、祖父はぼんやりしていて、話しかけても意味のない声を発するか、とんちんかんな返事しかしなかった。だが食事が終わるころになって急に「宮園さん」と父に苗字《みょうじ》で呼びかけ、世話をかけて申し訳ないと頭を下げた。本来の聡《そう》明《めい》さを思わせる口調だった。

祖父は恐縮しつつ、帰りに自宅に寄らせてもらえないかと続けた。僕は危うくデザートのムースを喉に詰まらせるところだった。たとえ祖父が言いださなくても、父が家を見たがる可能性は充分にあったのに、どうして考えておかなかったのだろう。蔵さえ見られなければ大丈夫か。いや、やはり不安だ。

「ごめん、僕このあと用事があるんだ」

「なんだ、そうなのか。なら鍵だけ父さんに渡してくれればいいぞ」

「もう一回、預かるのが面倒だよ。それに、おじいちゃんの外出時間も決まってるんじゃないの。次の機会にしようよ、近いうちにまた食事してさ」

つい早口になって言い募る僕を見て、父は、ははんという顔つきになった。掃除を怠けて汚くしているとでも思ったのだろう。

「そういうことなら今度にするか」

こうしてどうにか回避できたものの、体じゅうの力を使い果たした気分だった。店を出たときには、ほとんど放心状態だったくらいだ。

この一幕が悪かったのだと思う。父に神倉駅まで送ってもらい、ひとり車を降りた僕は愕然《がくぜん》とした。なにげなくポケットに入れた手が、そこにあるはずのものに触れない。慌てて中を探り、あげくにポケットごと引っぱり出した。周囲の地面に目を凝らし、範囲を広げて見まわってもみたが、やはりない。

急いで父に電話をかけた。運転中だからかつながらず、三度目の電話でやっと父ののんきな声が応じた。

「おう尊、今おじいちゃんを施設に送り届けたぞ。顔がいきいきしてるって介護士さんが」

「そんなことより、車の中に落とし物をしたかもしれないんだ」

「なんだ、ずいぶん慌ててるな。何を」

吹き出した冷や汗がこめかみを伝った。

「鍵」

「鍵ってどこの」

「マンションだよ、横浜の」

「大変じゃないか。待ってろ、今、見てみる」

祈る思いでスマホを耳に押し当てていたが、ややあって聞こえてきたのは父の残念そうな声だった。

「シートの隙間やマットの下も見たんだけどな。店に落としたのかもしれないから、電話して訊いてみるか」

「そうだね、自分でかけるよ。最悪、管理会社に言えば開けてもらえるから、心配しないで」

楽観的な態度を装うのはひと苦労だった。そう、マンションなら開けてもらえる。だが僕がなくしたのは、あの蔵の鍵なのだ。スペアはない。鍵の管理など重要なことについては、祖父の頭がしっかりしているときを見て、父がきちんと確認したと聞いていた。

すぐにレストランに電話をかけた。従業員が駐車場まで見に行ってくれたそうだが、やはり見当たらないとのことだった。

「もし見つかったら、何時でもいいから連絡をください」

おのずと下がった頭を、なかなか上げられなかった。それどころか、しゃがみ込んでしまいそうだった。つい数時間前まで幸福の絶頂にいたのに、急に足もとの地面が崩れ、奈落《ならく》の底に転げ落ちたのだ。

幼いすすり泣きが耳もとで聞こえた気がした。もし鍵が見つからなければ、僕は蔵に入れず、あの子は食べ物を得ることができない。今日の夕食と水差しだけは置いてきたが、それでどのくらいもつだろう。

駅に出入りする人々にぶつかられたり舌打ちされたりしながら、懸命に記憶をたどった。施設からレストランへ向かう車の中で、ポケットの鍵に触れたのを覚えていた。紛失したのはそれ以降だ。

いてもたってもいられず、レストランへ戻り、自分で駐車場から入り口までを歩きまわった。スマホのライトで地面を舐めるようにして捜した。それからやっと駅員に尋ねるということを思いつき、駅まで飛んで帰った。

交番に行ってみたら、と駅員に勧められたとき、僕は目をみはったと思う。そうか、普通はそうするのだ。落とし物は交番へ。小さな子どもでも知っている。

その手段を頭の隅に刻み、しかしそれを選ぶのは最後の最後だと思った。近くのカフェに入り、半袖の上に羽織っていた薄手のジャケットを脱いだ。いったんクールダウンしたほうがいい。アイスコーヒーを一気に半分ほど飲み、スマホを手に取った。莉央からメッセージが届いていたが、無視して検索を始めた。

鍵なしで夜戸と外戸を開ける方法。もちろん専門の業者に頼めば可能だろうが、中に少女を監禁しているのでは、第三者に開けさせるわけにはいかない。自分でなんとかするしかない。

まずは夜戸だが、分厚い金属製で、力ずくで破壊するのはどう見ても不可能だ。ではピッキングで錠を破るのはどうかと期待したが、ディンプル錠の場合は従来のぎざぎざの鍵に比べて難しく、技術の習得にはかなり時間がかかるらしい。ならばいっそ錠を壊してしまえばどうだ。ところが、たくさんのサイトを閲覧しているうちに、問題はディンプル錠ではなく、同じく夜戸に付いているダイヤル錠のほうにあるということがわかってきた。祖父の蔵のダイヤル錠は、業務用金庫に使われているのと同じもののようだ。そのタイプのダイヤル錠には、リロッキング装置なるものが備わっている。和訳すれば、非常用再施錠装置。ダイヤル錠が破壊されたり無理な力が加えられたりしたときに、自動的に再施錠する装置だという。そうなると、余計に解錠が困難になるのだそうだ。リロッキング装置がどの程度の条件で作動するのかがわからなかった。僕の場合はダイヤル錠を破壊する必要はないが、同じ扉に付いているディンプル錠を破壊した衝撃で作動してしまうということはないのだろうか。検索を繰り返したが、そこまでは調べられなかった。危険がある以上、その方法はとれない。さらに外戸の錠は戸板の内部に埋め込まれている様式なので、少女に内側から開けさせることもできない。

しつこく検索を続けていたが、ついにスマホをテーブルに投げ出して頭を抱えた。お手上げだ。時間に限りがある状況では、素人にはどうしようもない。やはり鍵を捜し出すしかないのか。

厳重すぎるセキュリティに、衰える前の祖父の性格がうかがえるようだった。のんきにフレンチを頬ばる表情を思い出し、無性に腹が立った。

そこへ父から電話がかかってきて、もう一度よく車内を調べたがやはり鍵はなかったと告げられた。僕は、マンションの鍵なら見つかった、勘違いでバッグに入っていた、と嘘をついた。だったらそう連絡しろと父は怒ったが、息子のお粗末な芝居は見破れなかったようだ。

電話を切った僕は、また頭を抱えてしばらくじっとしていた。他の客からちらちら見られているのを感じたが、取り繕う気力もなかった。

きつく目を閉じて、赤い花を思い浮かべた。僕は奈落の底にいる。だがあの頂には、赤い花が咲いている。

目を開けて時計を見た。夜が明けるまで待って、人の少ない時間に光のもとでもう一度だけ捜してみよう。それでだめなら、最後の手段に頼るしかない。

そして今、僕は神倉駅前交番に向かっている。

腕時計に表示された日時は、五月十五日、午前九時。本当はもっと早くにこうするべきだった。警察の力を借りたって、たちまち落とし物が見つかるとは限らないのだから。なのについぐずぐずとためらって、今になってしまった。

小京都と呼ばれ都心から近い神倉市は、年じゅう観光客で賑《にぎ》わっている。よく晴れた五月の朝、平日だというのに駅前はすでにかなりの人出だ。交番も忙しそうで、外に立って道案内をしている若い警察官の前には人だかりができている。

こうするしかないんだ。自分を励まして戸口に近づくと、ちょうど高齢の女性が出てくるところだった。

「ほんとにありがとうね。おかげで息子に叱られなくてすむわ。息子も狩野《かのう》さんくらい優しくゆっくり接してくれればいいのに」

「何言ってんの、聞いてりゃ自慢の息子さんじゃないの。気をつけて帰ってね」

中には警察官がひとり、机に肘《ひじ》をついてひらひらと片手を振っている。たぶん四十代前半、もしかしたらもっと若いか。

僕が順番を待っていたと思ったのか、女性は「ごめんなさいね」と笑いかけてきた。気の置けない友達と茶飲み話を楽しんだあとのようにごきげんな様子だ。かすかにいらだちつつ、あいまいな会釈を返し、狩野と呼ばれた警察官に声をかけた。

「すいません、いいですか」

「はい、こんにちは」

狩野は愛想よく僕を迎えた。にこにこ、というより、へらへらしている。表情にも口調にもしまりがなく、制帽から出ている髪が警察官にしては長い。そこそこ顔立ちが整っているせいもあってか、どこか軽薄な印象を受ける。

交番のおまわりさんだ。さりげなく狩野を観察して、自分に言い聞かせた。能といえば辛抱強く年寄りの相手をすることくらいで、犯罪者を見抜く力なんかない。僕が女児誘拐犯だなんて気づくわけがない。だいたいあれは茨城の事件で、ここは神奈川、管轄も違う。

「こちらに鍵が届いてませんか」

「あら、鍵なくしちゃったの」

思ったとおり、狩野はのんきな調子で僕を中へ招き入れた。肘の下まで袖をまくって頬杖をつき、もう片方の手で向かいのパイプ椅子を勧める。

「いつの話」

「昨夜です」

僕は立ったまま答えた。言うことは整理してきている。

「東神倉の〈緑の雄牛〉っていうレストランか、その駐車場、もしくは神倉駅東口周辺で落としたんじゃないかと思うんです」

「〈緑の雄牛〉ね、知ってるよ、フレンチだろ。行ったことはないけど。うまいの？」

思わぬ形で質問を挟まれ、続けようとしていた言葉を止めて、「ええ、おいしかったですよ」とぞんざいに答えた。そんなこと、どうでもいいだろう。

「車で行ったんですけど」

「いいねえ、俺もたまにはうまいもん食いたいよ」

「車で行ったんですけど、車の中には落ちてなかったんで、車を降りたどちらかのタイミングしかないんです」

「あ、おしゃべりは嫌い？」

「レストランには訊いてみたんですけど」

「まあ座んなよ」

狩野は苦笑しながら、机にA4サイズの紙を置いた。いちばん上に「遺失届出書」と記されている。

「これ書いて。ワタクシなにがしは、いついつどこどこでこういうものを落としました、って届け」

「急いでるんです。鍵は届いてませんか」

「ちゃんと書類を書いてもらわないと、そういうの教えらんないのよ。君がそうだとは思わないけど、世の中には悪いやつがいっぱいいて、いろんな悪いこと考えるからね」

言葉の途中から、僕はペンを握っていた。「遺失者」「遺失日時」「遺失場所」などの項目をすばやく埋めていく。

「宮園尊くんか。なんでそんなに急いでんの」

誰も入れない蔵の中、捨てられた人形のように、ことりと横たわる少女の幻が見えた。悪いことに今日は汗ばむような陽気だ。あそこは涼しいとはいえ、水はまだ残っているだろうか。すでに一食、今日の朝食を取れていない。

「鍵ですよ。誰でも焦るでしょう」

「どこの鍵」

ちょうど「物件」の欄に「鍵」と記したところだった。隣に「特徴等」を書く大きな枠がある。ちょっと手を止めて考えた。すべてあからさまにしていいものか。

「あ、そこは詳しく具体的に書いてね。絵もあるといいな。落としたのは自転車の鍵なのに、ベンツの鍵を自分のだって言われちゃ困るからさ」

まるで疑うような言い方に、ちらりと目を上げて狩野の表情をうかがう。心配することはなさそうだ。変に隠したりせず、ふたつの鍵とそれらをまとめたキーホルダーの特徴を記し、簡単な絵も添えた。

「ずいぶん渋いキーホルダーだねえ。君、いくつ」

「二十歳です」

「大学生？」

「はい」

「どこ」

県内の国立大の名を告げると、狩野はほうと感心したようになった。

「イケメンで頭もいいんだ。この住所は実家？」

「いえ、ひとり暮らしです」

「実家は？」

「東京の八王子《はちおうじ》です」

「八王子なら通学圏内だろ。わざわざ横浜にマンション借りて、週末はフレンチレストランでディナーとは、優雅だねえ。君みたいな子は、窃盗とか振り込め詐欺なんかとは無縁だろうな」

ひがんでいるのでなければ、ばかにしているのだろうか。顔を上げると、狩野は反応を楽しむようににやにやして僕を眺めている。

「いや、ほんと多いんだよ、若者のそういう犯罪。で、それって何の鍵」

口調にまったく変化がなかったので、うっかり聞き流すところだった。狩野は届出書の「特徴等」欄をとんと押さえた。ずいぶん指が長い。まるで伸びてきたように思える。

「何の鍵か書き忘れてるよ。ふたつとも書いて」

ペンを握り直す動きが、ついのろくなってしまった。本当のことを書くべきか、それとも。

「どうかした？」

「ディンプルキーのほうは祖父の家の鍵なんですけど、もうひとつは知らないんです」

「へえ、おじいさんの。だからそんなキーホルダーね、なるほど。知らないってのは？」

「祖父は認知症を患って施設に入ってて、空き家になってる家の様子を僕がときどき見に行ってるんです。それで鍵を預かってるんですけど、もうひとつの鍵が何の鍵なのか、誰にもわからないんですよ。困ってないんで、そのままにしてるんですけど」

「おじいさん、もう完全にあれなの」

「僕のこともわかりません」

「家にそれらしいものはないの、その古めかしい鍵に合うような」

「隅々まで探してみたんですけど、家は昭和六十年代に建て替えたそうですから。鍵はもっと古いものに見えます」

「合いそうなものはないと。ところでジャケット脱いだら」

言われて初めて、自分の肌がじっとり濡れているのに気づいた。半袖のTシャツ一枚になり、「今日は特に暑いですね」と言い訳めいたことを口にする。そしてすぐに、わざとらしかったかと後悔した。いや、大丈夫だ。狩野は交番のおまわりさんにすぎない。ほら見ろ、怪しんでいる様子はまったくないじゃないか。

「でもまあ、なくしたのが空き家の鍵でよかったじゃないの。今日明日にも困るってわけじゃないだろ」

ほっとしたのもつかの間、別の意味で舌打ちしたくなった。急いでいると言ったのを聞いていなかったのか。

「困りますよ。どんな人が鍵を拾うかわからないんですから」

「防犯が心配ってこと？　確かに、空き家に入り込んでクスリやってたとか、大麻を栽培してたとか、ないわけじゃないけど。でも空き家のリスクは鍵の有無に関係ないよ。窓破れば入れちゃうわけだし、入らなくても放火や死体遺棄なんかもできるわけだし」

不意打ちのように死体という言葉が出てきたので、思わず息を呑んだ。もしも鍵が見つからなかったら、覚悟を決めなければならない。生きていてほしいと心から祈っているが、その考えはずっと頭の隅にある。

狩野はからかっただけなのだろう、やっぱりにやにやして僕を見ている。無能で不真面目でくだらない男だ。

「そんな大げさな話じゃなくても、普通に空き巣が心配です。祖父の家にはそこそこ高価なものもあるみたいですから」

「というと」

「骨董です。僕には価値はわからないけど」

「へえ、俺もそういうのはさっぱりだ」

だろうな、と心のなかで応じる。数寄を解するタイプにはとても見えない。

「ま、鍵を拾われたって住所がわからなきゃ、まず心配はいらないけどね。スペアキーはあるの」

「ないと聞いてます」

「それじゃ、なくした鍵が見つからないかぎり、君はおじいさんちに入れないわけか」

「そうです、だから」

言葉を呑み込み、荒くなりかけた語気を抑えた。焦《じ》れる僕とは裏腹に、狩野は制帽を取って顔を扇《あお》いだりしている。

「じゃあしかたない。業者に頼んで鍵を開けてもらって、場合によっては鍵を付け替えてもらうのが、手っ取り早くて安心なんじゃないの」

痛いところを突かれた。万が一にも表情を読まれないよう顔を伏せる。

「つまり、今のところ交番に鍵は届いてないってことですか」

「いや、それはわかんないよ。うちには届いてないけど、よその交番に届いてるかもしれない」

なんて気の利かない回答だろう。

「それって調べられないんですか」

「できるよ」

「じゃあ早く」

思わず身を乗り出すようにして顔を上げたら、狩野と目が合った。笑みの形の目でじっと僕を見ている。

「そうしてあげたいのは山々なんだけどさ、各交番の拾得物はいったん署に集められて、それからデータベースに入力されるわけ。それまでは検索してもだめなんだわ」

「いつになったらできるんです」

さあ、とばかりに狩野は首をすくめた。僕は天井を仰いで荒い息を吐いた。こんないいかげんな対応があるだろうか。

「実は骨董だけじゃないんです」

僕は思い切った手段に出た。

「家の中に猫がいるんです。換気をしてる間にどこからか入ってきたみたいで、飼ってたっていうか、つい世話をして居着かせちゃってて」

「猫は今、家に閉じ込められてる状態ってこと?」

「餌もそんなに置いてないから……」

　言葉を濁し、唇をきつく結ぶ。真実に近いだけにこんなことは言いたくないが、こうでもしないとさっさと動いてくれそうにない。

「おいおい、そっちを先に言ってよ」

「野良猫に餌をやるなって貼り紙が近所にあったから、後ろめたくて」

　生き物の命がかかっているとあって、狩野もさすがに態度を改めざるをえなくなったらしい。すぐにデータベースの照会をするのかと思いきや、机の上の電話に手を伸ばす。

「それは」

「大急ぎで業者を呼ぼう」

　ぎょっとして、とっさに受話器を押さえた。大きな声を出してしまったことにうろたえ、続く声が急に小さくなる。

「……家の持ち主は祖父ですから、勝手には」

「でもおじいさんがそういう状態じゃ、許可をもらうってことはできないわけでしょ」

「まずは父に相談してみないと」

「あれ、まだお父さんに言ってないの」

　じわりと汗が出た。受話器を濡らしてしまいそうで、手を膝の上へ引っ込める。

「鍵の紛失に気づいたのが今朝で、電話したんですけど父は出ませんでした。たぶんもう会社へ行ってて、気づいてないんだと思います」

「今もう一回かけてみたら」

「いえ、仕事中はたいてい出ないので」

「会社に電話して取り次いでもらうとか」

「そこまでは」

狩野がちょっと首を傾げた。笑ったままの片目が制帽の陰に入った。

「不思議な子だな、宮園尊くん」

「……何がですか」

「鍵を開けたいのか開けたくないのか、よくわからない」

「開けたいですよ、もちろん」

「でも業者は嫌」

「嫌ってわけじゃ。父の仕事を邪魔するほどじゃないってだけです」

「でも急いでるんだろ」

「それは、あなたがあんまり悠長に構えてるから」

膝の上で握った拳《こぶし》が、石のように硬くなっている。

「ああ、そっか。そりゃごめん」

狩野があっさりそう応じたときには、体じゅうの空気を吐き出してくずおれてしまいそうだった。この男が切れ者でなくて本当によかったと思う。

「仕事の邪魔をしたくないなんて、お父さん思いなんだね」

気持ちを立て直そうと、僕は強いて背筋を伸ばした。

「普通だと思いますけど。まあ、僕が中学生のときに母が亡くなって、それから父ひとり子ひとりなんで、感謝はしてますね」

「おじいさんっていうのは、お父さんのお父さん？」

「いえ、母方です」

母の父親ではなく祖母の再婚相手であることまでは、話す必要はないだろう。いや、冷静になってみれば、そもそもこんな無駄な会話に付き合う必要もないのだ。だがこうもテンポよく質問が繰り出されるのでは、答えなかったり話を変えたりしたら怪しまれる気がする。

「あ、ひょっとしておじいさんって、この辺の人？」

「どうしてですか」

「よく考えたら、おじいさんちの鍵を用もないのに持ち歩いてないでしょ。昨日、訪ねたか訪ねるつもりだったから、持ってたんじゃないかと思って」

正直に答えたほうがいいと直感した。

「神倉です。昨日は祖父宅に寄ってから食事に行きました」

「神倉のどの辺」

「本町の高台の辺りです」

「ああ、はいはい。坂が長くて年寄りにはきついだろうねえ。俺も巡回することあるけど、バイクでよかったって思うもん」

巡回。体がぎくりとこわばった。何かとんでもない、取り返しのつかない失敗をしでかした気がして、でもそれが何なのかわからず、頭がひどく混乱してくる。

「そうだ、届出書の備考欄に、おじいさんの名前と家の住所も書いといて。鍵の所有者は正式にはおじいさんだから」

祖父の居住地を訊かれたとき、直感に従ったのは正解だった。混乱のなかでそれだけはわかった。もし嘘をついていたら――まさか狩野はそれを狙ったのか。降って湧いた考えに、自分で驚いた。スマホに登録してある祖父宅の住所を呼び出しながら、そっと狩野の様子をうかがう。本当にまさかだ。巡回という言葉のインパクトが強すぎて、必要以上に警戒心が刺激されてしまっただけだ。

「ああ、君のおじいさんって藤木さんかあ」

僕の手もとを見ていた狩野が、だしぬけに大きな声を出した。「藤木辰矢《たつや》」と記した最後の一画が乱れた。

「知ってるんですか」

鼓動が肋骨《ろっこつ》に響いてくる。尋ねた声は震えてはいないか。

「言ったでしょ、巡回に行ってたって。元校長先生の藤木さんだよね。俺はここに来てそう長くないけど、昔を知ってる人たちは、あの藤木先生がってしみじみ話してたよ。

人間、どんなふうに老いるかなんてわからないもんだねえ」

　うまく相槌《あいづち》を打つこともできず、ただペンを動かしていた。自分の字ではないみたいだ。

「あれ、でもおかしいな、藤木さんちなら庭に蔵があるはずだけど」

　狩野の長い指がいきなり伸びてきて、喉笛をぐっと押さえつけられた。もちろん錯覚だが、本当にそう思った。

「古い鍵が合いそうなものはないって言ってたけど、蔵の戸こそそうじゃないの」

「……言われてみれば。思いつきませんでした」

　声を絞り出すまでに、どれほどの時間がかかったのだろう。気道をつぶされたように呼吸が苦しい。

「隅々まで探してみたって言ってたよね」

「庭までは充分に見きれてないんです。そんなに頻繁に行ってるわけじゃないから」

「猫がいるのに？」

　口を開けたものの、言葉が出てこない。何か大きな失敗をした気がしていたが、それが何かわかった。すべてだ。狩野に話した、話させられたすべて。

「せいぜい四、五日しかもたないらしいよ」

　いつの間にか止まっていたペン先が跳ね、届出書に黒い引っかき傷を作った。変わらない口調で続ける狩野がどんな顔をしているのか、怖くて確かめることができない。

「食べ物はともかく、水なしじゃそのくらいが限界だって。脱水から血液の循環がだめになって、全身の機能が障害を起こすんだってさ。幸い俺は経験ないけど、頭痛に痙攣《けいれん》に意識の混濁に、そりゃつらいみたいよ。で、体内の水分の二十パーセントが失われたくらいで……」

狩野は意味ありげに言葉を切った。僕は奥歯をかみしめ、耳を塞《ふさ》ぎたいのを懸命にこらえていた。猫じゃない。僕の想像のなかで、もしかしたら近い未来の現実として、そんなふうにむごい死を迎えるのは猫じゃない。

「あ、これは人間の話なんだけどね。より小さい生き物なら、なおさらなんじゃないの」

角ばった氷塊を喉に押し込まれたようだった。人間。より小さい——子ども。視線をどこに逃がしても、もがき苦しむ少女の幻が迫ってくる。

「おじいさんちには、どのくらいの頻度で行ってるの」

調べられたらわかることだ、正直に答えざるをえない。

「月イチくらいです」

「なんだ。ってことは、水や餌は一ヶ月分くらいもつようにしてるんだ。そんなに置いてないって言ってたけど」

「それは、次は近いうちに行こうと思ってたから。このごろ暑くなってきたし」

「車で行くの」

「いえ、電車と徒歩で」

「昨日、車でレストランへ行ったっていうのは？」

「父の車です。僕は持ってません」

「免許もないの」

「一応、取りましたけど」

「高い身分証明書になってるわけか」

おどけた言い方に、どう反応したらいいのか戸惑った。認めたくはないが、狩野は何らかの容疑で僕を怪しんでいるらしい。最初に話していた窃盗や詐欺だろうか。だが僕はそんなことはやっていないし、今の言い方からすると本気で怪しんでいるわけではないのかもしれない。あるいは、怪しまれているということ自体が僕の思いすごしなのか。

狩野が届出書を指さした。

「書き終えたら、そこに署名してね」

「あ、はい」

僕の返事はとても間が抜けていたに違いない。突然の解放。すると疑いは晴れたのか。いや、やはり思いすごしだったのだ。おまわりさんは何も感づいてなどいない。ひそかにゆっくりと息を吐く。全身の筋肉が緩んでいく。

署名している間に、狩野はメモ用紙を取って何か書きつけた。届出書をひらりと自分のほうへ向け、それとメモを重ねて持ち、交番の外へ向かって呼びかける。

「おーい、みっちゃん」

背後に首をひねると、外に立っていた若い警察官が振り返ったところだった。たくましい長身に制服がよく似合う、真面目そうな警察官だ。

「照会、お願い」

僕ははっと狩野を見た。さっき言っていた、拾得物のデータベースの照会だろう。ようやく動いてくれる気になったのだ。

狩野とは対照的にきびきびと近づいてきたみっちゃんは、届出書とメモを受け取って「はい」と答えた。やはり狩野とは対照的に、表情も口調も引き締まっている。

「おじさん、パソコン苦手なんだわ」

へらへら笑う狩野は無視して、奥の部屋へ入っていく広い背中に「お願いします」と声をかけた。お願いだから、一刻も早く照会してくれ。あの子の命が尽きる前に、僕が人殺しになる前に、鍵を見つけてくれ。

「ところでさ」

面倒な仕事は終わったとばかりに、狩野がまた頬杖をついた。僕はそちらに目を戻したが、まなざしに軽蔑《けいべつ》が宿るのを隠さなかった。こんなやつを買いかぶって、多少ともびくびくさせられた自分にも腹が立つ。

「尊くんにとって価値があるものって何」

「は?」

「言ったろ、骨董の価値はわからないって」

この上まだ無駄話に付き合わされるのか。

「定義によるんじゃないですか」

僕はそっけなくあしらったが、狩野はかまわず続ける。

「実は俺バツイチで、別れた理由が価値観の相違ってやつなのよ。どういうところがどんなふうに違ってたのか、俺にはよくわからなかったんだけど、わからないってことがつまり価値観の相違なんだろうなって、納得して判押したんだ。でもたまにふと思い出して、人に訊いてみるんだよ。あなたにとって価値があるものは、って」

「だから、価値の定義によると思いますよ」

「そりゃそうなんだけど、あっさり答えが返ってくることもけっこうあってさ。たとえば俺の姉なんかは、子どもたちに決まってるじゃない、とこう即答だ」

子どもという言葉が、神経にぴりっと引っかかった。それが癪《しゃく》で、ことさらに冷めた反応をする。

「常套句《じょうとうく》ですよね」

「でもほとんどの場合は本心だよ。この交番にも、子どもがいなくなったって駆け込んでくる親がときどきいるけど、たいていひどく取り乱してて話を聞くのも大変だ」

「そういうもんですか」

嫌な話題だと思いながら、僕は奥の部屋のほうばかり気にしていた。みっちゃんはまだ戻ってこない。データベースの照会というのは、そんなに時間がかかるものなのか。

「子どもをさらわれた親なんてどんな気持ちだろうな」

奥の壁に指名手配のポスターが貼られていることに、今、気づいた。何対もの澱《よど》んだ目がこちらを見ている。

ポスターから視線を逸《そ》らしたとたん、狩野と目が合った。パイプ椅子が軋んで鳴った。長めの前髪の陰から、じっと僕を見つめる目。いつの間にか笑みが消えている。なんだろう、この目は。にわかに胸騒ぎがした。交番の前をたくさんの人が行き交っているはずなのに、自分の鼓動と息づかいばかりがいやに大きく聞こえる。

みっちゃんが戻ってきたことに、そばに来るまで気づかなかった。狩野に小さくうなずいてみせ、僕の背後に回る。まるで退路を塞ぐように。

「今、警察がおじいさんちの蔵を見に向かってる」

ひゅっと喉が鳴った。どういうことだ。みっちゃんは拾得物の照会をしていたんじゃなかったのか。頭が混乱し、見開いた目がからからに乾いていく。

出しっ放しだったスマホの画面に、汗が滴った。そういえば莉央からのメッセージを無視したままだと、場違いなことを思った。映画の誘いだったようだが、どうやら行けそうにない。

「一緒に報告を待とうよ」

僕はきつく目を閉じた。まぶたの裏に鮮やかな赤が見えた。

＊

二〇一七年五月十五日、茨城県で行方不明になっていた小学生女児が、神奈川県神倉市で発見、保護された。女児は十二日に連れ去られ、三日ぶりに発見されるまでの間、空き家の蔵に監禁されていたことが判明した。服装は行方不明になった当時のままのTシャツとショートパンツで、けがはなく、健康状態も良好だった。

警察は未成年者略取および監禁の容疑で、神奈川県在住の大学生、宮園尊、二十歳を逮捕。宮園は容疑をおおむね認めている。

＊

まだまだ残暑の厳しい初秋の昼下がり、狩野は交番に配備されたオートバイに跨《また》がり、だらだらと長い坂道を上っていた。道の先にある建物は、老人介護施設〈ひだまり〉だけだ。神倉駅前交番の巡回対象になっている。

宮園尊が逮捕されてから四ヶ月がたとうとしていた。もうじき初公判だと聞いている。

かつて刑事だったころは、自分が関わった事件の裁判はできるだけ傍聴に行っていた。取り調べを得意とし、「落としの狩野」などと持ち上げられて調子に乗っていたころだ。

当時の相棒だった葉桜《はざくら》が、現在は神奈川県警捜査一課で係長を務めている。そしてしばしば個人的に、内密に、事件の情報を伝えてくる。

「茨城小六女児行方不明事件」もそうだった。不審な男およびレンタカーの目撃情報があり、茨城県警は誘拐事件と見て捜査していた。Nシステムによる通行車両捜査でレンタカー使用者を絞り込んだところ、神奈川県に関係があるようだと判明した。それを聞いていたから、尊と話しているうちにぴんときたのだ。

長くこの仕事をしていると、やましいところのある人間はある程度わかるようになる。そこで、窃盗や詐欺などいくつかの犯罪を挙げて反応を見た。死体遺棄という言葉に思いがけず動揺が感じられたときには、実はこちらのほうが驚いたものだ。

挑発したり安心させたり焦らしたりして揺さぶってみると、そのたびにぼろが出た。ひどく急いでいるわりに、業者を呼びたがらない。仕事中の父に連絡するのを遠慮する神経の持ち主が、疎遠だった祖父の家で勝手に猫を飼う。いずれも不自然だ。そして狩野が猫の生命に言及したとき、尊はいよいよ激しい動揺を見せた。ひとことごとに目が泳ぎ、唇が色を失っていくのが、うつむいた状態でもはっきりとわかった。

藤木家の蔵が怪しいとなった時点で、みっちゃんを呼んで葉桜に連絡させた。あとで聞けば、宮園尊はすでに容疑者としてマークされていたそうだ。短期間に何度も複数社のレンタカーを使用し、茨城と神奈川を行き来していれば当然だ。目撃された不審な男には特徴と呼べるほどの特徴はなかったが、それにも尊は当てはまっていた。被害者の保護を最優先に慎重に捜査が進められていたところへ、尊のほうから飛び込んできたわけだ。葉桜の指示で捜査員がひそかに藤木家の蔵へ急行し、まず被害者を保護した上で、交番にいた尊を逮捕した。

逮捕後、久しぶりに電話をかけてきた葉桜は、尊に目をつけ少女の監禁場所を見抜いた狩野を賞賛した。不機嫌そうな低い声だったが、それはいつものことだ。そしていつも同じことを言う。

――刑事に戻れ。

あいつは勝手にゲロったんだよ、と狩野は笑い飛ばした。尊には「おまわりさん」を侮る気持ちがあって、それが油断につながったのだろう。毎日どれほど人を見て、どれほど町を把握しているか、その力を見くびってはいけなかった。

――おまわりさんを舐めるなよ、ってな。

狩野の言葉に、葉桜の反応はなかった。

葉桜は逮捕後のことについても少し語った。

尊は生気を失ったような状態で、ぽつぽつと取り調べに応じていること。女児を誘拐、監禁した動機は「赤い花が欲しかったから」と語っていること。女児は体に触られたりはしていないと話しており、尊はその理由を「いい着物が見つかってからと思っていた」と述べていること。

そして――。

オートバイを〈ひだまり〉の駐輪場に停め、ヘルメットを脱ぐと、汗に濡れた頭に爽やかな風を感じた。暑いは暑いが、真夏の暑さとはやはり違う。この山もじきに赤く染まるだろう。

狩野は受付で案内を請い、回廊を通って中庭へ向かった。ここへは何度も来ているが、奥まで入るのは初めてだ。

ガラス張りの回廊に囲まれた中庭には、木や花がバランスよく配置されていた。木陰にはベンチもあり、入居者が憩いくつろげるようになっている。

今、ベンチにはひとりの老人がいた。手ぶらで何をするでもなく、ぼんやりと梢《こずえ》を見上げている。暑さのせいか、他に人はいないようだ。

「藤木先生」

耳になじんでいるだろう呼び方で声をかけた。しかし藤木は振り向かない。聞こえているのかどうかもわからない。

狩野は藤木の隣に立ち、同じように梢を見上げた。木の名前は知らない。葉がかすかに揺れてきらきらしている。

「具合はどう。今日は暑いけど、だいぶ秋らしくなってきたね」

返事がないのを承知で語りかけた。ゆっくりと穏やかに、茶飲み話でもするように。

「先生、知ってるかな。もうけっこう前になるけど、警察が先生んちの蔵を調べたとき、二階から日記が発見されたんだって。その内容がちょっとやばくてさ」

それも葉桜から聞いたことだ。日記には、蔵の中で子どもに倒錯的なふるまいをする様子が記されていた。子どもは着物を着せられており、紅子と呼ばれ、その期間は断続的だが一年にも及んだ。

一見、宮園尊の犯罪を記録した文書に思える。だが尊がさらった女児は紅子という名ではないし、そう呼ばれたこともないと証言している。また監禁されたのは四日間であり、服装はTシャツとショートパンツだった。何より、日記帳はずいぶん古いもので、流れるようなくずし字で書かれており、明らかに長い間、誰にも触れられていなかった。

尊は女児に着せる着物を探していたと供述している。着物が見つかったらどうするつもりだったのかという話も、日記の内容に酷似している。かつて日記を読んだことがあって、影響を受けたのだろうという意見も出た。しかし尊は、八歳の春を最後に祖父宅を訪れていなかったことがわかった。八歳の子どもにくずし字が読めたとは思えない。

「日記を書いてたのはあんただろ」

狩野は藤木の顔を見た。しわは深いがつやつやとした肌に、木漏れ日がまだら模様を描いている。藤木は澄みきった目で梢を見上げたまま、眉《まゆ》ひとつ動かさなかった。

「解離って現象がある。俺もよくは知らないけど、ひどい苦痛に見舞われたとき、心を切り離すことで自分を守る、一種の防衛本能らしい。つらい記憶がすっぽり抜け落ちたり、幽体離脱でもしたみたいに自分の経験を客観的な映像として捉えたりするんだそうだよ。尊くんは、先生や先生んちのことをまったく覚えてないんだってさ。そして、日記に書かれてたのとよく似た内容の映像が、子どものころから頭のなかにあったんだって」

おそらく尊少年は、母と祖母が連れ立ってどこかへ出かけることがあると、祖父とふたりで家に残されていたのだろう。藤木はそのたびに尊を蔵へ連れていき、おぞましい欲望を満たしていた。言うことを聞かせるのも口止めをするのも、子どもの扱いに慣れた教師ならお手のものだったのではないか。尊にできるのは、心を切り離すことだけだった。皮肉にもそのせいで、自分を藤木の側に置いて妄想するようになったのかもしれない。

おそらく尊の母は、息子が祖父にされていることに気がついたのだ。だから八歳の春を最後に付き合いを絶った。祖母の葬式にさえ出なかったというのも納得できる。あるいは解離は自然に起こったのではなく、母が治療を受けさせた結果だったのか。

「紅子は尊くんだったんだね」

藤木はやはり反応しないが、狩野もそれを期待してはいなかった。これはもはやひとりごとだ。

「あの蔵、俺も見たよ。変な造りだねえ。昼戸に内側からかける閂があるなんて」

蔵は物を保管しておく場所なのだから、内側から鍵をかける場面などありえない。誰かが中に閉じこもり、外から人が入ってくるのを防ぎたいと思うのでもなければ。

閂の状態から、それを付けたのが尊でないことは判明している。藤木が尊少年と蔵にこもるため、内側に閂を付けたのだろう。常に一緒に出入りしていた藤木の場合はそれでいいが、女児を監禁して自分は蔵を離れていた尊にはデメリットだったはずだ。女児が内側から閂をかけてしまえば、自分は中に入れないのだから。開けないと飢え死にするよ、と脅したと聞いている。

狩野は首をひねり、回廊の壁を見やった。ガラスが光ってはっきりとは見えないが、短冊がずらりと貼り出されている。入居者たちが作った俳句だそうで、藤木の作品もあるのを先ほど確認していた。流れるような文字を苦労して読み取ったところ、寒牡丹《かんぼたん》が季語のようだ。

「先生の筆跡と日記の筆跡、鑑定すれば同一人物のものと判定されるだろうね」

だがそれには意味がない。日記の内容が事実かどうかはわからないし、その点だけで犯罪を立証することはできない。公訴時効も成立している。加えて、今の藤木に責任能力は認められないだろう。

狩野は腕時計に目を落とした。

「お、もうこんな時間か。いいかげん戻らないと、巡回中にサボってたのがばれる。じゃあ先生、機会があったらまた」

立ち去ろうとしたとき、藤木が初めてこちらを向いた。ゆっくりと首を回し、澄んだ目に狩野の姿を映した。その行動に何らかの意思があるのか、変わらない無表情からは読み取れない。

藤木のズボンのポケットのところに、ちらりと赤い色が見えた。動いた拍子に、中に入れていたものが顔を出したようだ。それが何であるかに気づいて、狩野は目をみはった。

赤いちりめんに包まれた貝。蔵の鍵をまとめていたというキーホルダーと同じものだ。思えば、尊が鍵をなくしたとき藤木は一緒にいた。杖もなしに中庭へ来ているところを見ると、足腰は壮健なのだろう。尊が落とした鍵をひそかに拾うくらいはできそうだ。もしくは、尊のポケットから抜き取ることも。

「なんで」

思わず尋ねたが、やはり返事はない。藤木はポケットを見下ろし、キーホルダーをぎゅっと奥へ押し込んだ。目つきはぼんやりしたままだ。

「執着か」

何もわからなくなって、最後に残ったものがそれか。

狩野はやりきれない思いで首を振り、今度こそ中庭をあとにした。

予定の時間を大幅に過ぎて交番へ戻ると、表には人だかりができていた。みっちゃんが泣く子を片手で抱いたまま観光客の応対をしている。

制帽の上にオレンジの小さな花が載っていた。少し気の早い金木犀《きんもくせい》が、どこからか舞ってきたらしい。秋の香りが、胸にわだかまっていたものを洗い流してくれる気がした。

「狩野さん、お願いします」

みっちゃんが穏やかにほほえむ。まだまだ血気さかんな年ごろなのに、怒ったところを見たことがない。

「その前にお茶、一杯だけ飲ませてよ」

狩野は片手を上げて交番に入った。

迷子に道案内に落とし物、そしてまれには誘拐事件。

神倉駅前交番は今日も忙しい。

偽りの春

「やられたよ」

和枝《かずえ》が息せき切って電話をかけてきたのは、春一番が吹き荒れる宵の口だった。

私はこたつの上にひとり分の夕食を並べたところだった。取り乱した和枝の声が、テレビの音声を蹴散《けち》らして鼓膜を打つ。

「朱美《あけみ》さんと希《のぞみ》さんが消えたんだよ、金持って」

驚いて携帯を耳に押しつけ、テレビを消した。どういうこと、と訊《き》こうとして、セーターの胸もとを握りしめる。

「今どこ」

「わかんないよ。電話はつながらないしマンションにも」

「朱美さんたちじゃなくて和枝さんのことよ」

遮る声にいらだちが混じる。

「ああ、あたしはコンビニの駐車場。車ん中。大丈夫、誰にも聞かれないよ」

怯《ひる》んだのか、トーンダウンした和枝の口調には、機嫌を取ろうとするような気配が感じられた。

「落ち着いてもう一度言って。朱美さんと希さんがどうしたって」

「いなくなったんだよ。希さんが約束の時間を過ぎても現場に来なくて、電話してみたら着信拒否になってんの。変だと思って朱美さんにかけたら、そっちも同じ。それで家に行ってみたら、なんと、もぬけの殻じゃないの」

「引っ越してたってこと?」

「そうなんだよ。隣の奥さんの話じゃ、ほんの数日前に突然、出ていったって。引っ越すなんて聞いてなかったし、まるで夜逃げだって言ってたよ。前々からうさんくさいとは思ってたみたい。そりゃそうだよねえ、七十超えたばあさんと四十代の男がふたりで暮らしてるんだから。伯母《おば》と甥《おい》ったって誰が信じるもんか。おまけに朱美さんはホステス上がりだし、希さんのほうは定職にも就いてないし」

また興奮してきたのか、あるいは不安がそうさせるのか、和枝は堰《せき》を切ったようにしゃべる。しゃべればしゃべるだけ、こちらをいらだたせることに気づいていない。私の反応に頓着《とんちゃく》せず和枝は続ける。

「ねえ、今月の稼ぎって希さんが持ってたんだよね。いくらくらいだった」

「一千万ちょっと」

努めて冷静に答えたつもりだが、頰が歪《ゆが》むのは抑えられなかった。そんなに、と和枝が息を吞《の》む。今月はめったにない大きな仕事をこなしたため、飛び抜けて多い。人によっては裏切りの動機として充分な額だ。

「光代《みつよ》さん、どうするの。このまま泣き寝入りなんて嫌だよ。みんなで苦労して稼いだ金なのに」

「じゃあ警察にでも駆け込む？　騙《だま》し取った金を仲間に持ち逃げされましたって」

高齢の男性をターゲットにした詐欺を始めてから、そろそろ二年になる。詐欺グループのメンバーは女が四人、男がひとりで、女は全員が還暦を超えている。やり口としては、結婚詐欺や美人局《つつもたせ》ということになるだろうか。

ターゲットの選定は私の役目だ。それこそが詐欺において最も重要な行程だと、かつて振り込め詐欺に関わった経験から知っていた。電話をかける対象の名簿が、電話帳なのか高級旅館の宿泊客リストなのか、さらに資産や年齢や家族構成によってふるいにかけられたものなのかで、成功率も利益も大きく変わる。その点、派遣キャディという私の職業は、適当な男を見繕うのに都合がいい。どこのゴルフ場でも、明るい芝生の上で開放的な気分になった男たちは、情報をいくらでも垂れ流してくれる。観察と会話によって、経済状態から家族構成、女の好みまで、すっかり把握するのは難しいことではない。あとは相性を考えて、どの女をあてがうかを決めればいい。

私の指示を受け、実働部隊である三人の女が動く。ターゲットを籠絡《ろうらく》し、ときには肉体さえも武器にして、財産を搾り取る。老いても恋愛や性愛への欲求があるという男は少なくない。相手が若い娘なら疑いもしようが、六十を超えた女なら安心する上、結婚も視野に入れやすい。

そうして取れるだけ取りつくしたら、あるいは状況が思わしくなくなったら、最後は唯一の男である希の出番だ。女の息子のふりをして、「おふくろをもてあそびやがって」だとか「母は亡くなりました」だとか「援助してよ、お義父《とう》さん」だとか、さまざまなパターンで関係を破局に導く。また、手切れ金や慰謝料などのまとまった現金を受け取ったり、女たちが貢がせた貴金属や車などを金に換えたりする役目も担っている。基本的にはターゲットがみずから逃げ出すように仕向けることにしていた。詐欺に遭ったと気づかせないのがベストだ。だが気づかれたとしてもリスクは少ない。「いい歳して色じかけに引っかかった」被害者たちは、恥の気持ちからたいてい口をつぐむ。稼いだ金はひとつにまとめ、一ヶ月ごとに五人で等分にするルールだった。以前は私が管理していたが、実際に金を扱うのは希であることが多いため、このごろは希に任せていた。信用していたわけではない。裏切ることなどできまいと見くびっていたのだ。

「ごめん、怒らないでよ。あたしはただ……」

「怒ってないわ」

「ならいいんだけど。光代さんだけが頼りなんだから」

　奥歯を強くかんで、うっとうしさをやり過ごす。

「この件は私のほうで考える。和枝さんはとりあえず現状を維持してて」

「ターゲットをキープしときゃいいんだね。わかった、あんたの言うとおりにするよ」

「それじゃ」

「待って、このこと雪子《ゆきこ》さんには？　まず光代さんにと思って、まだ知らせてないんだよ」

「次の会合のときでいいと思うけど、言いたいなら止めないわ。じゃあ」

言うなり、今度こそ電話を切った。とたんに風のうなりが大きくなった。築四十年の木造アパートが悲鳴をあげている。

冷めていく夕飯もそのままに、朱美の携帯電話を呼び出した。おつなぎできませんと冷ややかなアナウンスが流れた。これが和枝の言っていた着信拒否か。希のほうにもかけてみたが結果は同じだった。

携帯を投げ出し、薄っぺらで毛玉だらけのこたつ布団をぼんやりと見つめる。春一番が窓を叩《たた》いているというのに、寒さがひたひたと背中を這《は》い上ってくる。

いつも着ている薄汚れたダウンジャケットをまとい、車のキーをつかんで家を出た。朱美と希が暮らしていたマンションを見に行ってみるつもりだった。おそらく無駄足になるだろうが、食欲もすっかり失《う》せてしまったし、ただ凍えていてもしかたない。

隣の一〇一号室に明かりが灯《とも》っていた。しかし住人の話し声や物音は聞こえてこない。風の音ばかりが耳について、かえって静けさが強調される。震えながら車に乗り込んだ。

小京都と呼ばれる神倉市だが、中心地から離れると寂しいものだ。山によって景色のあちこちが黒く塗りつぶされており、まだ七時すぎだというのに車も人もほとんど通らない。

朱美のマンションを訪ねるのは初めてだったが、すぐに見つかった。三、四十年前にはこの辺りで最も新しくしゃれた建物だったのだろう。和枝の言ったとおり、朱美の家がもぬけの殻なのは一目瞭然《りょうぜん》だった。窓に明かりはなく、カーテンもかかっていない。周囲をうかがって顔を近づけてみると、中はがらんとしている。

念のため隣人に話を聞いてみたが、得られた情報は和枝に聞いたものとほとんど変わらなかった。朱美たちは誰にも転居先を知らせず、推測させるような情報の切れ端すら残さずに消えたという。親しい人間がいたかどうかもわからない。要するに手がかりはないのだった。

私はマンションをあとにした。二月の冷たい夜が、路肩に停めた車を呑み込もうとしていた。

自宅に戻り、屋根も壁もない野ざらしの駐車場に車を入れたところで、アパートへ向かう三つの人影が目に入った。手をつないでいる若い母親と息子は、隣の一〇一号室に住む香苗《かなえ》と波瑠斗《はると》だ。波瑠斗を挟んで反対側を歩いている男には見覚えがない。

「おばちゃん、おかえり。こんな時間に帰ってくるなんて珍しいね」

車を降りた私に、香苗が明るく声をかけてきた。

「香苗さんこそ」

夫と離婚してひとりで波瑠斗を育てている香苗は、昼間はパチンコ店で、夜はキャバクラで働いている。パチンコ店での仕事を終えて、保育園へ波瑠斗を迎えに行き、寝かしつけてからキャバクラへ向かい、再び帰宅するのは日付が変わってからだ。

「夜のほうはお休みしちゃった」

香苗はぺろっと舌を出した。そばに寄ると、最近つけるようになった香水のにおいが鼻先をかすめる。わかりやすいもので、少し前から化粧が念入りになり、色が抜けてぱさぱさだった髪もきれいになっている。

「あ、この人は古賀《こが》さん。パチンコのお客さんで、すごく優しい人なんだよ。今、三人でゴハン行ってきたとこ」

見れば、駐車場に見慣れない車が停まっていた。格安の中古車だとひと目でわかるが、タイヤだけはこだわっているようだ。

古賀は少し距離を置いて立ち、強風に顔をしかめながら煙草を吹かしている。会話に加わろうとはせず、無精《ぶしょう》ひげが散った顎《あご》をごりごりとかく。

私のほうも古賀にはかまわず、うつむいている波瑠斗に話しかけた。

「おかえり」

波瑠斗はちょっとこちらを見たものの、すぐに下を向いてしまった。ハル、と香苗が腕を引くが、かたくなに顔を上げようとしない。

「ごめんね、おばちゃん。見たいテレビが見れなかったもんだから機嫌が悪いんだ。ハル、いいかげんにしなよ。ファミレス行きたいってあんたも言ってたじゃん」

私は香苗を目でなだめ、提げていたバッグから数冊の冊子を取り出した。ここしばらくショッピングセンターや小売店を回って集めていた、ランドセルのカタログだ。バッグに入れっ放しになっていたのがちょうどよかった。

「はい、ハルくん。よく見て、どれがいいか選んでね」

四月から小学生になる波瑠斗にランドセルをプレゼントすると約束していた。ぱっと顔を上げた波瑠斗の目は、今の今までむくれていたことなど忘れたかのように輝いている。

波瑠斗たち親子が隣に越してきたのは、去年の春だった。香苗はまだ二十一歳で、離婚したものの帰れる家がないという話だった。ふたりの生活が貧窮しているのはすぐにわかったし、香苗の言葉の端々から、波瑠斗の父親がろくでなしだったことも察せられた。学も専門技術もない、若さだけが頼りの母親。どうしても放っておかれがちになる子ども。これまでいくらでも見てきたケースだ。そういう親子の生活は、たったひとつ小さな綻《ほころ》びが生じただけで、たちまち底の底まで落ちる。気の毒だが、ありふれた不幸だった。手を差し伸べる余裕も理由も私にはないはずだった。

きっと私は老いたのだ。飲みすぎたのか道端で嘔吐《おうと》していた香苗を家まで連れ帰ってやったのをきっかけに、親子との親しい付き合いが始まった。しばしば食べ物を差し入れ、波瑠斗を預かり、ときには車を出してやって三人で出かけるようにもなった。家族を持つ和枝や雪子の影響もあるのだろうか。長くひとりで生きてきたから、かりそめのふれあいを欲しているのかもしれない。

「ありがとう」

無邪気にカタログを受け取る波瑠斗の傍らで、香苗が申し訳なさそうに眉尻《まゆじり》を下げる。

「ねえ、本当にいいの?」

「何度も言ったでしょう。私が好きでやることよ」

「お金は少しずつでも絶対に返すからね」

この場では断らなかったが、受け取るつもりはなかった。ランドセルは安いものでも二万円以上する。ぎりぎりの生活をしている親子にとって、その金を捻出《ねんしゅつ》するのは簡単ではない。

校則では必ずしもランドセルを使う必要はないらしいが、みんなが当たり前に持っているものを持てないのは、子どもにとって残酷なことだ。少なくとも小学生時代の私は、自分だけぼろぼろのリュックを持たされていたことが恥ずかしくて惨めだったし、そのせいでいじめられもした。暗い人生はあのリュックから始まったのだという気さえする。

親子に手を振って自室に入ると、重量さえ伴うような静けさがのしかかってきた。薄い壁一枚を隔てただけで、香苗の声も波瑠斗の声も聞こえない。ふたりといるときには一時的に忘れていられたことが、頭のなかで急に存在感を増す。空っぽになった朱美の家。親子と一緒に一〇一号室へ入っていった古賀。

すっかり冷めてしまった夕飯を片付ける前に、急いでテレビをつけた。見たいとは思わないが、狭い1Kの部屋を音で埋めることはできる。

水曜日は会合の日だった。週に一度、グループの女四人は日帰り入浴施設のサウナで顔を合わせる。

ただし今日は三人だ。私が入っていったとき、和枝と雪子はすでに不安げな顔で座っていた。朱美が来ないことを、雪子も知らされているらしい。

サウナ内のテレビには夕方のワイドショーが映し出されており、ちょうど振り込め詐欺グループが逮捕されたというニュースが流れていた。テロップには「卑劣」という文字が躍り、コメンテーターが「か弱いお年寄りを食いものにするなんて」と憤慨している。

「ああ、光代さん。あれからどう。電話もくれないんだから、生きた心地がしなかったよ」

他に客がいないのを幸い、和枝が顔を見るなり飛びつくように訊いた。いつもはせっせと腹の肉を揉《も》んでいるのに、それも忘れているようだ。その大声だけで身がすくむばかりに、雪子が名前のとおり白い肩をすぼめる。

私はふたりから少し距離を置いて座った。

「和枝さんの言ったとおり、朱美さんと希さんが金を持ち逃げしたのは確かみたいね。見つけることも、金を取り返すことも不可能でしょう」

「そんな！」

和枝が吠《ほ》えるような声をあげ、雪子がひくっと喉《のど》を鳴らす。

「そんなのってあんまりじゃない。あたしらみたいな貧乏人が必死こいて稼いだ金をさ。あいつらこそ本物の悪党だよ」

私は自分たちがターゲットにしてきた男たちを思い浮かべた。一個八百円もするボールを平気でいくつもロストする金持ちたち。彼らは少しばかり財産を減らしたところで痛くも痒《かゆ》くもない。それに、恋をした老人は明らかに以前よりいきいきしている。詐欺には違いないが、金を払って恋愛の楽しみを手に入れ、おまけに気力が戻り若返るというなら、得な買い物ではないか。

「これからどうしたら……」

延々と続く和枝の罵声《ばせい》のわずかな切れ間に、雪子が声を滑り込ませた。いつも以上に小さな、ほとんど聞き取れないほどの声だ。

雪子が誰かへの受け答えでなく自分から言葉を発するのを、初めて聞いた気がした。内気で無口な女。好きなものもやりたいこともない女。夫にお伺いを立てないことには何ひとつ決められない女。それが雪子に対する私の評価だった。この仕事についてもいまだに罪悪感が拭《ぬぐ》えず、平凡な主婦であることにしがみつこうとしているように見えた。その雪子が「これから」を考えるとは意外だ。

「取られたものは諦めるしかないとして、まずは現在進行中の仕事をどうするかね。希さんがいないんじゃ、今までのパターンで片付けることはできないから」

和枝が汗にまみれた体を乗り出す。

「あたしが代わりの男を探してみようか。金に困ってそうな男なら何人か心当たりがあるよ」

「それはよして」

私は言下に退けた。ある意味で、和枝は雪子よりも信頼が置けない。おしゃべりで軽はずみで、ものごとの因果を想像し理解することができないのだ。たとえば、知り合いだった雪子にこの仕事のことをしゃべり、勝手に勧誘して連れてきたのもそうだ。朱美が私たちのやっていることを嗅《か》ぎつけて仲間に入りたいと言ってきたのも、和枝がどこかで余計なことをしゃべったせいに決まっている。

「今の案件については、希さんなしでやる方法を考えるわ」

「そりゃ光代さんがそう言うなら……」

「でも、この先は？」

和枝と雪子、両方の目が私に向けられていた。どちらも心配そうで、しかしぎらぎらしている。この仕事をやめるわけにはいかないと、まなざしが訴えている。

ふたりにはかなりの借金があった。和枝は投資詐欺に引っかかって。雪子は夫がギャンブルにはまって。だがそのことを子どもには打ち明けず、援助を乞《こ》うどころか、逆に孫の学資保険をかけ続けている。迷惑をかけたくないと、ふたりは口をそろえる。嘘ではないだろうが、呆《あき》れられるのが嫌だという見栄《みえ》も働いているに違いない。私たちの餌《え》食《じき》になった男の多くがそうであるように。

「それもおいおい考えるわ」

「なんだか考えるばっかりだね」

不安がついこぼれたという感じで和枝がため息をついた。

「不満なら自分でなんとかして」

「不満だなんて。いつも言ってるじゃない、光代さんだけが頼りだって。お願いだから見捨てないでよ」

慌ててへつらう和枝の横から、雪子がすがるような視線を送ってくる。

昔の自分もこんなふうに卑屈だったのだろうかと、嫌な考えが脳裏をよぎった。もう四十年近くも前になる。

当時、私は郵便局に勤めており、同僚と交際していた。優しい男だったが、分不相応に恰好《かっこう》をつける癖があり、私がしょっちゅう金を用立ててやっていた。結婚するつもりだったから深く考えなかったというのもあるし、捨てられるのが怖かったのもある。とうとう顧客の金に手をつけたのも、男を喜ばせたい一心からだった。だが横領がばれたとき、男はさも驚いたような顔をした。俺のためだったなんて言われても困るよ、冗談だったのにまさか本当にやるとは。それきり男とは会っていないが、出所してしばらくして、郵便局時代の後輩の女と食事をしているのをたまたま見かけた。薬指にそろいの指輪があった。

その一件以来、土地と職を転々として生きてきた。親しい人間はひとりもいない。

私の態度に不安を感じた和枝は、珍しく鋭かったと言える。今後の対応を考えると言ったのは、ほとんどその場しのぎにすぎなかった。ふたりと違って私には借金はなく、そこそこの蓄えもある。きれいな金ばかりではないから、人目に立つことを嫌って質素な暮らしをしているが、無理にこの仕事を続ける必要はないのだ。誰かに感謝され頼られるのは悪い気がしなかったものの、このごろは重荷になってきてもいた。さっぱりと捨て、黙って新しい土地へ去るのが正解ではないか。

サウナに客が入ってきたのを潮に立ち上がった。和枝たちはもっと話したそうだったが、素知らぬふりで挨拶《あいさつ》をして先に出る。

追いかけてこられないうちにと、さっさと身支度をして更衣室を出た。そんな自分を客観的に捉《とら》えて、つまり心ではすでに和枝たちを捨てているのだとわかった。

ただ、この神倉でやり残したことがひとつある。

「おばちゃん」

アパートに戻り、玄関の鍵《かぎ》を開けようとしていると、音を聞きつけてか隣の部屋から波瑠斗が飛び出してきた。手にランドセルのカタログを持っている。

「待ってたんだ。ランドセル、決めたよ」

波瑠斗は折り目をつけたページを開き、私が見やすいように掲げた。シルバーのランドセルの写真が掲載されている。

あまりのタイミングのよさに笑ってしまいそうだった。これでやり残したことがなくなる。やはり去るべきなのだ。

翌日の夕方、派遣キャディの仕事を終えた私は、波瑠斗から預かったカタログを手にショッピングセンターへ向かった。平日のためかすいていて、二階に特設されたランドセル売り場へもスムーズにたどり着けた。色とりどりのランドセルがずらりと展示され、それぞれのセールスポイントが楽しげな字体で記されている。母親に手を引かれた少女が、流れるCMソングに合わせて歌っている。

慣れない雰囲気に居心地の悪さを覚えつつ近づいていくと、待機していた店員が目ざとく気づいて話しかけてきた。

「こんにちは、ランドセルをお探しですか」

「ええ、はい」

「お孫さんにプレゼントですか」

少しうろたえた。祖母というものを見慣れているだろう店員の目に、私はそう見えるのか。めったに着ないニットのカーディガンのせいかもしれない。いつもの薄汚れたダウンジャケットではなおさら気後れすると思い、引っぱり出してきたのだ。

「これなんですけど」

そうだとも違うとも答えずに、カタログを開いてシルバーのランドセルを指さした。すぐに実物のところへ案内され、確認し、四万七千円を現金で支払う。一万円札を重ねて財布から出すのはどのくらいぶりだろう。

「メッセージカードをお付けできますが、いかがいたしますか」

包装紙とリボンを選んでやれやれと思っていたら、まだあった。この場で書けば包装に添えてくれるという。じっくり考えたければカードだけ渡しておくと言われ、とりあえず受け取った。終始にこやかだった店員は、書き損じに備えてカードを余分に持たせてくれた。

ランドセルが入った大きな紙袋を手に、売り場をあとにする。ふと見れば、歌っていた少女の母親も同じ袋を提げている。目が合って、ほほえみかけられた。どんな顔をしたらいいのかわからなかった。戸惑いが大きいが、不快ではない。

なんとなくフロアを見て歩いた。入学フェアと銘打って、学習机や自転車や時計などが展示されている。机が税込み五万三千円、椅子が一万五千円。いや、もっと安いのもある。1Kの部屋に置くのなら、できるだけ小さいのでないと。そんなことを考えている自分に気づき、また戸惑った。

アパートに帰り、隣の様子をうかがいながらランドセルを運び入れる。今はまだ波瑠斗に見つけられたくない。メッセージカードを書いてしまうまでは。店員に言われるまま受け取ったメッセージカードだったが、書こうという気になっていた。ランドセルを押し入れに隠し、自分らしくない心の動きに苦笑する。

ランドセルを買ったらここを去るつもりだった。だが、それはメッセージカードを書いてからになった。いい文面をなかなか思いつかないが、悩むのは不思議と楽しかった。幾日も幾日もそればかり考え続け、頭のなかが何十枚ものメッセージカードでいっぱいになっていった。

和枝から数回、雪子からも一回、電話がかかってきたが、いったん回答を延ばしてあとは無視している。朱美と違ってグループのメンバーに住所を教えてはいないので、押しかけてこられる心配はない。

このところ香苗は卒園式の服装の話ばかりしている。いつの間にかそういう時期になっていた。メッセージカードが書けるまでのこと、と私は自分に言い聞かせていた。

そんな日々に終わりをもたらしたのは、一通の封書だった。

ゴルフ場から帰宅した私は、郵便受けに入っていた封筒を手に取って眉をひそめた。何の変哲もない長4の茶封筒に、「水野《みずの》光代様」と宛名が記されているが、その文字は定規を使って書いたように不自然だ。差出人の名前はない。それどころか、こちらの住所も切手も消印もない。つまり郵送されてきたのではなく、直接この部屋の郵便受けに入れられたということだ。

開けてみると、四つ折りにされたB5のコピー用紙が一枚入っていた。宛名と同じ筆跡の文字が綴《つづ》られている。

『これまでのことを黙っていてほしければ、一千万円を用意しろ。受け渡しの方法は追って指示する』

脅迫状であることを理解するのにしばらくかかった。紙がかさかさ鳴る音で我に返ると、自分の手が小刻みに震えていた。これまでのこと。一千万円。朱美と希の顔が文字に重なって浮かび上がってくる。

携帯をバッグから出し、しかし操作せずに手を下ろした。誰にかけようというのか。和枝と雪子が頼りにならないのはわかりきっている。そもそも頼りにできる誰かなど私の人生には存在しない。

脅迫状をこたつの上に投げ出し、台所へ行って湯を沸かした。急須《きゅうす》に残っていた出がらしの茶を飲むと、味も香りもありはしないが、熱さが空っぽの胃に染みた。

冷静になって考える。脅迫状を送ってきたのは何者か。「これまでのこと」を知っているのだから、やはり朱美と希しかいない。住所を教えた覚えはないが、あとをつけるなりして知ることはできる。ただし「水野光代」が偽名であることまでは知りようがないから、宛名はそうなっている。では要求に従わなかった場合、彼らは自分たちも荷担していた犯罪を本当に暴露するだろうか。絶対にしないと断定できる根拠はない。自分たちだけは罪に問われない抜け道があると思っているのかもしれない。

天袋に目がいった。出どころが言えない金は、金融機関に預けず部屋に隠してある。一千万円を持ち逃げしたふたりが、厚かましくも同じだけの金を要求してきたのは、借金のない私がこうして貯め込んでいるのを見透かしてのことだろうか。

あれを持って、ひとりでさっさと逃げてしまおうか。最初からいざというときにはそうするつもりで、だからこそグループの誰にも本名を教えなかった。どうせメッセージカードが書けさえすれば、ここを去る気だったのだ。

「おばちゃん」

かすかに声が聞こえて、ぎくりと玄関を見た。もうすぐ聞けなくなる幼い声に、思いがけず心が騒ぐ。

「これ」

ドアを開けるなり、画用紙を差し出された。クレヨンで三人の人間が描かれ、それぞれに矢印で「はると」「ママ」「おばちゃん」と説明が付いている。全員、顔の半分以上が口だ。ふいに胸に込み上げるものがあった。六十五年も生きてきて、こんなふうに笑ったことが一度でもあっただろうか。

「……ハルくんが描いたの?」

「うん。おばちゃんに見せてあげてってママが」

「上手ねえ」

「あげる」

画用紙ごと波瑠斗を抱きしめたかった。もう認めないわけにはいかない。私はまだ波瑠斗のそばにいたいのだ。

金がいる、と痛いほど思った。

腹を据えた私の行動は早かった。

翌日の午後、キャディの仕事を終えると、いったん家に帰って服を着替えた。いつものダウンジャケットの代わりにコートをまとい、耳まで覆うつばの広い帽子をかぶる。化粧を変えた効果もあって、ずいぶん違う印象になった。念のためにマスクをし、リュックを背負って家を出たのは夕方のことだ。気温がぐんと下がっている。何度も手をこすり合わせながら、バス停までのなじみのない道を歩いた。

のろのろと三十分ほどバスに揺られ、昔ながらの住宅街で降りた。豪邸というわけではないが、よく見れば敷地の広い大きな家が並んでいる。頭に入れてきた地図に従い、色の剝《は》げた鳥居を背にして板塀に挟まれた細い道を進む。

目当ての家の前に立ったとき、朱美のマンションを思い出した。一戸建ての日本家屋とマンションの違いはあれど、往年の輝きを想像させる寂しさは共通している。門の上に立派な木蓮《もくれん》が頭を出しているが、つぼみの数は少ない。

表札の名を確かめるまでもなく、滝本《たきもと》の家だとわかった。ゴルフ場の常連で、詐欺のターゲットにと目をつけていたひとりだ。滝本に関する多くの情報のなかに、彼が独居することの家のことも含まれている。

チャイムを鳴らしても返事がないので、庭を抜けて玄関へ向かった。戸に鍵をかける習慣がないのも知っていた。

「ごめんください」

何度か声をかけてようやく、はいはい、としわがれた声が返ってきた。ゴルフ場で聞くより力がない。壁に手をついてゆっくりと廊下を歩いてくる姿も、いかにも年寄りめいている。趣味のゴルフだけはと、隣町に住む長女にゴルフ場まで送ってきてもらっているが、このごろは間が空くようになっていた。八十三歳。少し前から認知症の症状が出はじめ、だんだん進行している。

「〈はあとふる〉から来ました、鈴木《すずき》です」

はあ、と応じた滝本は明らかにぴんときていない。私の顔を正面から見ていても、ゴルフ場のキャディだとは気づかないようだ。大丈夫だろうとは思っていたし、ごまかして丸め込む自信もあったが、やはりほっとする。

「ええと、どちらさんでしたっけ」

「〈はあとふる〉の鈴木です。ヘルパーですよ」

「ああ、ヘルパーさん」

滝本はやっと理解した様子でうなずいた。妻を亡くしてひとりで暮らしているため、長女が訪問ヘルパーによる生活支援を依頼している。〈はあとふる〉はその会社の名前だ。決まった曜日に決まったヘルパーが来るという話だったが、曜日もヘルパーもいつもと違うことに、どうやら滝本は気づいていない。

「寒いなか悪いね。マスクして、風邪ひいてるんじゃないの」

「ただの用心ですよ、インフルエンザがはやってるから。花粉も飛びはじめたみたいだし」

「冬なんだか春なんだかわかんないね」

家に上がることに成功した私は、滝本が居間へ入っていくのを確認して台所に立った。リュックだけ床に下ろし、コートと帽子は身に着けたままで、手早くやかんを火にかける。

「とりあえずお茶でも入れますね」

声をかけると、思わぬ怒鳴り声が返ってきた。

「お茶でもってなんだ、でもって。俺の金で買った茶だぞ」

突然の癇癪《かんしゃく》に驚いたが、ゴルフ場でも老人の豹変《ひょうへん》は珍しくない。これから自分がやろうとしていることを考えれば、理不尽に叱責《しっせき》されたことで、むしろ気が楽になった。茶請けを見繕って一緒に出し、「お掃除してきますね」と断ってから、台所でリュックを取って仏間へ向かう。

滝本はいざというときのためにと、一千万円の現金を仏壇の収納に保管している。前に本人から聞いたことだ。それを盗むのが目的だった。本当はそんなずさんな方法はとりたくないが、じっくり詐欺をしかける時間はない。また、これまで自分が住む神倉市での犯罪は避けてきたが、そうも言っていられない。

仏壇には妻のものらしき遺影が飾られており、線香を上げた形跡があった。収納には箱入りの線香やろうそくやマッチ、そして茶色の紙に包まれた金が確かにしまわれていた。中身を確認すると、帯付きの一万円札の束が十個。あった、とかみしめるように思う。

木村《きむら》さあん、と滝本が呼んだ。本物のヘルパーの名前だ。穏やかな口調に戻っている。

「はあい、ちょっと待ってくださいね」

金を元のように包み、リュックの底に入れた。重さは一キロくらいか、日ごろ何本ものゴルフクラブを運んでいる私にとっては軽いものだ。

「木村さあん、お茶のおかわりが欲しいんだけど」

今度は答えなかった。リュックを背負い、足音を立てないよう玄関へ移動する。

「おい、茶。さっさと持ってこないか。おい、亜矢子《あやこ》」

亜矢子というのは亡き妻の名だ。

私が黙って消えても、滝本は鈴木というヘルパーが来ていたことなど忘れてしまうだろう。茶は自分で入れたのだと思い込み、記憶のあいまいさに不安を募らせるかもしれない。もしちゃんと覚えていて誰かに話したとしても、まず信じてはもらえまい。赤ちゃんに語りかけるような言葉で諭され、いよいよぼけたと噂されるだけだ。そんな光景は何度も見てきた。

静かに玄関を出て、木蓮のつぼみの下を急ぎ足で通り抜けた。花が咲くのは今年が最後かもしれないと頭の隅で思った。

夜に追い立てられるように日が暮れていく。板塀に挟まれた細い道が薄闇にかすむ。前方に色の剝げた鳥居が見えた。ほっと緩んだ手のひらは汗ばんでいた。

前に並んでいた何人かが行き先の違うバスに乗り込み、停留所に立っているのは私だけになった。センターラインのない道に車が増えてきて、慎重にすれ違っていく。左右から浴びせられるヘッドライトが不快だった。混雑のせいで遅れているのか、発車時間をもう十分も過ぎているのにバスは見えない。

リュックの位置を何度も直し、肩紐《かたひも》を両手でつかむ。重くないはずなのに重いのは、神経が疲れているせいだろうか。どこからか流れてきた鐘の音が、頭蓋《ずがい》の内側にぐわんと響いた。めまいがして時刻表に寄りかかる。

しばらくつぶっていた目を開けたとき、だらだら進む車列のなかにパトカーを見つけ、思わず身構えた。パトカーはバス停の近くに停まり、助手席から警察官が降りてきた。

「おばさん、具合悪いの？」

三十代、いや四十代か。警察官にしてはやや髪が長く、表情にも口調にもしまりがない。

「いいえ、大丈夫です。ちょっとめまいがしただけ」

「それ、大丈夫じゃないよ」

「もう治まりましたから」

「でも顔色よくないよ」

だとしたら、それは疲労と緊張のせいだ。パトカーを見たときから、リュックの肩紐をつかんだ手が硬くなっている。

「バス待ってるの？」

「ええ、なかなか来てくれなくて」

「この道は夕方になるとねえ。この辺はあんまり知らない？」

私は短く肯定するだけにとどめた。隠しごとがあるときは、なるべくしゃべらないほうがいい。

「どこから来たの。パトカーで送ってくよ」

「そんな、けっこうです」

「遠慮しないで。この寒さのなか、いつ来るかもわからないバスを待ってたら、ますます具合が悪くなっちゃうよ。市民を保護するのは俺たちの仕事なんだから、めったにできない経験だと思って」

パトカーに乗った経験ならある、それも手錠をかけられて。そう告げたら、このお節介な警察官はどんなに驚くだろう。警察官の目にも善良な一市民に見えるというのは、喜ばしいことではある。もちろん気は進まなかったが、申し出を受けることにした。かたくなに拒んで変に思われても困る。

バスがまだ来ないのを確かめて、警察官がパトカーに合図をした。まるでリモコンで操作しているかのように、パトカーは即座に発進し、後部座席のドアが私の真ん前にくる位置で停まった。警察官が私のためにドアを開ける。乗り込んで、リュックを両手で抱え、ドアが閉められる瞬間の息苦しさに耐えた。パトカーの後部座席のドアは内側からは開かない。

警察官は元どおり助手席に収まり、バックミラーの角度を調整した。運転席用と助手席用にふたつあるバックミラーの片方が私を捉え、鏡のなかで目が合った。へらへら笑いかけてくる。

「そうそう、俺は神倉駅前交番の狩野、こっちは月岡《つきおか》」

運転席の警察官が振り向いて軽く頭を下げた。背が高くたくましい体つきをしているのが、座っていてもわかる。まだ二十代だろう、清潔な雰囲気の若者だ。

「おばさんの名前は？」

自分にしかわからないほどのつかの間だけ迷い、「水野です」と答えた。

「水野なにさん？」

「水野光代です」

「住所は？」

私が答えると、狩野は月岡に発進するよう指示した。パトカーだけあって車の列にはすんなり入れたが、進みが遅いのはどうしようもない。

見つめ合っているのは居心地が悪く、ミラーから目を逸《そ》らした。すっかり日が落ちて、黒い窓には自分の顔が映っている。普段より厚く塗ったファンデーションがマスクの紐を汚している。

「風邪？」

「ただの用心です」

「マスクといえば、口裂け女ってあったよね。きれいなお姉さんかと思ったら実は、ってやつ。みっちゃんも知ってる？」

月岡が少し考えていいえと答えた。狩野の相手は月岡に任せることにして、私は会話に乗らなかった。陽気で無意味なおしゃべりを楽しむ習慣が私にはない。身に付けないままこの歳まできた。

私が煩わしく感じていることを、しかし狩野は察してくれない。

「ところで、水野さんはひとり暮らしなの？」

「どうしてですか」

「さっき住所を聞いてから思い出してたんだけど、そのアパートって1Kばっかりじゃなかったっけ」

意外だった。ちゃらんぽらんに見えて、管内をよく把握している。

「ええ、ひとりですけど」

「困ってることとかない？」

「特には」

詐欺の共犯者にゆすられて困っている、とはまさか言えない。

「近くに親戚《しんせき》とか、頼れる人はいる？」

「私は仕事もしてますし、お隣との付き合いもありますから」

「それなら安心だ。ひとり暮らしは何かと物騒だし、特にお年寄りの場合は、詐欺のターゲットにされやすいからさ」

そういうことか。質問の意図を理解して安堵《あんど》した。この年齢なら普通は被害者になるのだ。

「仕事って何やってんの」

「キャディです、派遣の」

「え、水野さんいくつ」

「六十五ですけど、もともとシニア向けの求人で見つけた仕事だし、毎日フルタイム働くわけじゃないですから」

「でもやっぱきついでしょ。さっきは本当に具合が悪そうだったし、無理しちゃだめだよ。隣と付き合いがあるって言ってたけど、何かあったとき助けてもらえそう？」

「いつでも頼ってね、とは言ってくれてますけど」

「そりゃいい。まだ若い人？」

「二十代のお母さんとお子さんです」

波瑠斗のことを口にしたとたん、ふいに間違った場所に迷い込んだような気になった。

なぜパトカーなんかに乗っているのだろう。なぜ警察官にあれこれ訊かれているのだろう。いたいのは波瑠斗のそばで、そのために進んできたはずなのに。

しかし矢継ぎ早の質問が、立ち止まる時間を与えてくれない。答えをためらったら不自然な問いばかりだ。

「男の子、女の子？」

「男の子です」

「いくつ」

「六歳」

「じゃあ春から小学生？」

「ええ」

うんざりしながら答えたものの、まぶたの裏には波瑠斗の姿があった。満開の桜の下、シルバーのランドセルを背負って笑っている。

「その子がかわいくてたまらないんだね」

「えっ」

驚いてミラーに目を戻すと、狩野の目は笑みの形のままそこにあった。じっとこちらを見つめている。けっして鋭い目つきではないのに、射られたかのように全身が瞬時に硬くなった。

「どうして」

「顔に書いてあるよ。さっきまでと表情が全然違う」

思わず顔に手を当てた。本当は顔を覆ってしまいたかった。狩野はおそらくずっと私から目を離さずにいたのだ。パトカーに乗り込んだときから。それとも、バス停で声をかけてきたときからか。いったいなぜ。

「みっちゃん、次の交差点を右に入ろう。たぶんそっちのほうが早い」

話が逸れたのを幸い、窓のほうへ顔を背けた。普段は通らない道なので、景色を見てもどこを走っているのかわからない。だが市の外れのほうへ向かっているのは間違いなさそうで、交差点を曲がると、交通量も建物も一気に少なくなった。自分の顔がいっそうくっきりと窓に映り、信号に照らされててらてら光る。

「暑い？」

訊かれて初めて、汗をかいているのに気づいた。

やはり狩野は私を見ている。観察している。パトカーに乗せたのは、具合が悪そうに見えたからではなかったのか。狩野に対する認識を改めなければならない。この男に警戒せよと、日陰で生き抜いてきた者の勘が告げている。

「これでちょうどいいわ」

コートのボタンを開け、リュックを抱え直した。タイミングを待っていたとばかりに狩野が尋ねる。

「そのリュックって何が入ってるの」

「そういう質問って誰にでもするんですか」

「単なる興味だよ。職質でバッグの中を見せてもらうと、びっくりするようなことがときどきあってさ」

「残念だけど、私のは普通ですよ」

答えるのが少し早かったか。職質という言葉に刺激された自覚がある。考えが読めない狩野の目を見返しながら、「お財布とかハンカチとか」と取り繕う。

「それにしては重そうに見えたけど」

「そうでもないですよ」

「女の人って持ち物多いよね」

私はひそかに奥歯をかんだ。切り込んできたと思ったら、さらりと引く。主導権を握られているようで落ち着かない。

突然、狩野が体をひねって後ろに手を伸ばしてきた。私はとっさにリュックを抱え込んだ。はっと顔を上げた私を、黒いバインダーを手にした狩野がにやにやして待ち構えていた。鏡越しでなく目が合う。やられた――。

「これを取っただけなんだけど、びっくりさせちゃったかな。そのリュック、ずいぶん大事なんだねえ」

そこで思わず黙り込んでしまったのが、さらなる失敗だった。そのせいで、たとえば思い出の品であるとか、リュックそのものに個人的な価値があるという言い逃れもできなくなった。中身は普通のものだと、さっき言ってしまっている。

「何が入ってるの」

改めて同じ質問をされ、マスクの下で深呼吸をした。吐息が熱く、マスクが湿って気持ち悪い。しっかりしろと自分に言い聞かせた。これまでけっして安穏な人生を歩んではこなかった。ピンチならいくつもくぐり抜けてきたのだ、自分だけの力で。

「実は、お金が入ってるんです」

「お財布って意味じゃないよね。いくら」

言いにくそうにためらうふりをしてから、一千万、と正直に答えた。こんなやりとりを聞きながら、ハンドル操作が少しも乱れない月岡に少し感心した。それだけの余裕がある自分に自信を取り戻す。

「見せてもらっていい？」

狩野が手を差し出した。その指はちょっと珍しいくらい長かった。細くて骨張っているせいもあってか、獲物を捕らえる蜘蛛《くも》の脚を想像させる。

逆らわずにリュックを渡すと、狩野は中に手を入れて茶色の紙包みを取り出した。開けるよ、と断ってから紙をめくる。

「確かに金だね。何の金なの」

「携帯にメールが来たんです。閲覧料金がどうとか賠償金がどうとかで、一千万円を振り込まないと法的措置をとるって」

「典型的なやつだ」

「私、パニックになってしまって、急いで振り込まなくちゃと思って銀行へ向かいました。地元は抵抗があったので、バスに乗って知らないところで降りて。それがあそこだったんです。でもやっぱり踏ん切りがつかなくてぐずぐずしてるうちに、振り込め詐欺のポスターを見かけてはっとしました。これ、振り込め詐欺ですよね。振り込まなくてよかったんですよね」

「もちろん」

私は胸に手を当てて大きく息をついた。口ぶりからはわからないが、狩野が簡単に信じるとは思えない。うまく演じ続けなくては。

「預金を下ろすとき、銀行で何も訊かれなかった?」

「簞笥《たんす》預金だったんです」

答えてから、札束に帯が付いていたのを思い出した。

「何年も前、銀行の経営破綻《はたん》があったころに、心配になってみんな下ろしたもんだから」

「なるほどね。携帯に来たメール、見せてくれる?」

「嫌だ、さっき削除しちゃった。すみません、恐ろしくて」

「そっか。まあ、被害がなくてよかったよ」

意外にもあっさりと狩野はリュックを返してきた。ほっと息をつきそうになるが、まだ安心はできない。何か魂胆があるのかもしれない。

今度はこちらから質問してみた。

「バス停で声をかけてくれたのは、もしかしてこのことを見抜いたからですか」

「まさか、そこまでは。ただずいぶん落ち着きがなかったから、何かあるかもとは思ったけどね。リュックを気にしてる様子だったし」

そうだったかもしれない。態度に出ていたとはうかつだった。だが、それを聞いて胸のつかえが下りた。そういう理由で目をつけたのなら、今のやりとりで不審は解消されたはずだ。

「あの、隠しててすみませんでした。そんな見え透いた詐欺に引っかかりかけたなんて、知られたらみっともないと思って」

「そうやって泣き寝入りしちゃう人がけっこういるんだよね。水野さんも、またこういうことがあったら、簞笥を開ける前に交番に来てね。もしくは警察署に電話。みっともないのは騙されるほうじゃなくて騙すほうなんだから」

それはどうかしら、と私は内心で反論する。欲望や無思慮に付け込まれる被害者には、まったく恥じるべきところはないのか。

狩野はやはり警察官だ。正義の側で生きていられる人間には、悪に落ちざるをえなかった人間の気持ちは本当にはわからない。警察が助けるのは、弱い者ではなく正しい者だ。正しくない弱者の必死のあがきは、薄汚い犯罪としか受け取られない。

私が本当はどちら側の人間なのか、狩野は今や完全に見誤っているようだった。欺きおおせたのだ。

「水野さん」

「ごめんなさい、少し休ませて。安心したら、どっと疲れが出てきちゃって」

リュックを元どおり腿《もも》に乗せて抱き、目を閉じた。狩野はもう話しかけてこなかった。近くまででいいと言ったにもかかわらず、パトカーはアパートの駐車場に片側を乗り入れる恰好で停まった。狩野が車を降り、外から後部座席のドアを開ける。空気は刺すように冷たくなっていたが、それがかえって心地よい。

「お世話になりました」

ほとんどすがすがしい気分で頭を下げた。ところが、私が提げていたリュックを狩野が横からひょいと取った。

「部屋まで一緒に行くよ」

「そんな、いいですよ、すぐそこだし」

「遠慮しない。みっちゃん、その間に車回しといて」

狩野が先に歩きだしてしまったので、しかたなくあとを追う。どこかで猫が吠えるように鳴いている。

「猫の恋か。俺にも誰かいないかなあ」

「おひとりなんですか」

「バツイチ。でも駐在さんになりたくてさ。それには奥さんがいるほうがいいんだよね」

羨望《せんぼう》と嫉妬《しっと》が胸に兆した。若いころからよく知っている、しかし無視してきた感情だった。なりたいものになれる人間は限られている。

一〇一号室の窓に明かりが見えた。今すぐドアを開け、波瑠斗にただいまと告げたいという誘惑に駆られた。自分がびしょ濡《ぬ》れの雑巾《ぞうきん》のようにくたびれはてていることに気づく。

思いが通じたかのようにドアが開いた。寒そうに肩をすぼめて出てきた香苗は、私と狩野を見て顔をこわばらせた。警察官に対して好意的になれない人生を歩んできただろうことは想像がつく。

「道端で具合が悪くなって、おまわりさんが送ってくれたの」

私が説明する傍らで、狩野がにこやかに「こんばんは」と告げた。香苗はどうしていいかわからない様子で、上目遣いに狩野を見ながらちょっと頭を下げた。

「具合が悪くなったって、大丈夫なの？」

私に尋ねながらも、ちらちらと狩野を気にしている。

「ちょっと立ちくらみがしただけ」

香苗を早く解放してやりたいのもあって、早々に会話を打ち切った。そそくさと部屋に引っ込む香苗の爪には、春を先取りしたようなピンクの花が咲いていた。今夜は仕事に出るのだろうか。このごろ休みがちになっているのは、恋人の存在と無関係ではないはずだ。古賀といったか、前に紹介されたころから香苗の部屋に入り浸っているようで、頻繁に姿を見かける。あの男を、香苗はいつまで優しい人と言うだろう。

疲労が増した気がした。重い体をどうにか自室の前まで運び、狩野のほうへ向き直る。

「本当にお世話になりました」

しかし狩野はまだリュックを返そうとせず、代わりに一枚の紙を差し出した。見れば「巡回連絡カード」と記されている。

「ついでだから書いてもらおうと思って持ってきたよ。事件や事故や災害が起きたときに、安否確認や緊急連絡に使うんだ」

そんなことは望んでいないし、個人情報を記せるわけもない。だが拒否するのは不自然かもしれない。

「あとで書いて交番へ持っていきます。今日は疲れてるから」

「じゃあ数日のうちに取りに来るから、それまでにお願いね」

狩野はリュックとカードを持ったまま、私が鍵を開けるのを待っているようだ。受け取ろうと手を出しかけると、先んじて断った。

「持ってるよ。手が塞《ふさ》がってちゃ開けにくいでしょ」

「そのくらい」

「やっぱり具合がよくなさそうだしさ。中に入るまでちゃんと見届けさせてよ」

マスクの下で唇をかみながら、家の中の様子を思い浮かべた。１Ｋの小さな部屋だ。入ったところが台所で、奥の部屋との仕切りがあるにはあるが、出かけるときにいちいち閉めはしないため、玄関からほとんどすべて見通せる。冷蔵庫に波瑠斗のくれた絵が貼ってある。押し入れにランドセル、その上の天袋にまずい金。例の脅迫状は、重要な書類をしまった引き出しの底に入れてある。

「どうかした」

大丈夫、何も問題はないと、自分に言い聞かせた。コートのポケットから鍵を取り出すと、狩野が目ざといところを見せた。

「車、持ってるんだ」

同じキーホルダーに車の鍵もまとめてある。

「あちこちのゴルフ場へ行くには、やっぱりないと不便ですから。街なかや知らないところへ行くときには、電車やバスも使いますけど」

それから、自分の車を見られたくないときにも。

「じゃあ、これね」

私が部屋に上がってやっと、狩野はリュックを床に下ろした。礼を言って、差し出された巡回連絡カードを受け取る。水野光代としておとなしく提出するしかなさそうだ。

「水野光代って本名？」

「えっ」

不意打ちだったせいで、戸惑い以上の動揺が声に表れた。しくじりがさらに私をうろたえさせる。

「どういう意味ですか」

「いやね、光代さんだったら、たいてい『みっちゃん』って呼ばれるでしょ。今じゃなくても、呼ばれてた時期はあるんじゃないかな。だからみっちゃんって呼びかけが聞こえたら、自然に反応しちゃうと思うんだよね。自分のことじゃないってわかる状況でもさ。でもおばさんは、俺が月岡をみっちゃんって呼んでも無反応だったから、あれっと思ったんだ」

狩野ののんびりした口ぶりとは裏腹に、私の鼓動は速くなっていった。そんなことで。衝撃に怯みそうになる心をどうにか立て直し、不愉快そうな態度を示す。

「それはあなたがまだ若いからですよ。確かに呼ばれてたこともあったけど、そんなの大昔です。今さら反応なんかしません。だからって本名かだなんて」

失礼しました、と狩野は首をすくめた。だが信じていないのは明らかだ。どうして、バスと狩野の腕をつかんで揺さぶりたいくらいだった。狩野が私に不審を抱いたのは、バス停での挙動が不安げだったからだ。そしてその不審は、振り込め詐欺に騙されかけていたという説明で解消された。そうではなかったのか。

「ところで」

「まだ何か」

演技をするまでもなく棘《とげ》のある声が出た。ストレスのせいか下まぶたが痙攣《けいれん》を始めた。しかし狩野は意に介するふうもない。

「おばさんちって仏壇ないの」

「何ですか、いきなり」

「線香のにおいがしないなと思って」

「え？」

「リュックを開けたら線香のにおいがしたんだけど」

一瞬、頭が真っ白になり、はっとしてマスクに手をやった。金だ。滝本の家から盗み出した金は、仏壇の収納にしまわれていたのだ。あの一千万円に線香のにおいが染みついていたに違いない。マスクのせいでわからなかったのだ。

「そんなにおいを発するようなものは入ってなかったし、例の箪笥預金からにおうみたいだったよ」

舌が凍りついたように動かない。動いたところで、どうごまかせば嘘くさくならずにすむだろう。言葉は何ひとつ浮かばず、粘ったような汗ばかり出る。

「あとさ、あの金」

考える時間は与えられなかった。

「贋札《にせさつ》だよね」

何を言われたのかわからなかった。贋札？　いったい何のことだ。

突っ立っている私をよそに、狩野がリュックを開けて包みを取り出す。包み紙を開き、百万円の束の真ん中あたりに親指を差し入れて端をめくる。

目を疑った。何も印刷されていない、紙幣と似た色の、サイズだけは同じ紙がそこにあった。

「ただの紙だから贋札とは言わないか」

狩野がぱらぱらと紙をめくっていく。紙幣は上のほうの二、三枚だけだった。

「何年か前に銀行で下ろした金だって言ってたよね。で、これを振り込むつもりだったんだよね。一千万には足りないね」

全身が粟立《あわだ》ち、奥歯がかちかちと鳴っていた。わけがわからない。だが、取り返しのつかない失敗をしたことはわかる。

「今日おばさんがいたバス停の近くに、ひとり暮らしのおじいちゃんがいるんだけど、ぼけてきて、仏壇の収納に一千万円を隠してるってことをあちこちでしゃべっちゃうんだって。娘さんがどんなに注意してもだめで、しかたがないからこっそり金を持ち出して銀行に預けたんだそうだ。知ったら怒るからって、贋物の札束を元の場所に置いてね。行為の是非はともかく、そういう事情を知った上で気にかけておいてほしいって、娘さんが交番へ頼みに来たんだ。俺は現物を見てないけど、その贋物ってこんなんだろうね」

汗が冷えていくのを、皮膚がビニールにでもなったかのように鈍く感じていた。

「おばさんにもそういうことをする娘がいるの？」

こちらを見つめる狩野は、もう笑っていない。

「これは職務質問ですか。こんな形でやっても証拠にならないんじゃ……」

なんとか絞り出した声がかすれて消える。

「ただの世間話だよ。でもここからはちゃんと訊くから、任意で答えてね。この金はあんたのじゃないね？」

ゆっくりと息を吐き、うなずいた。盗んだのかという問いに、そうですと答えた。

やはり老いたのだと改めて思う。もう少し前なら、まだまだ逃げ道を探して抗《あらが》っていただろう。たぶん、波瑠斗と親しくなる前なら。家族ごっこが思いのほか楽しくて、逃げるべきときに逃げられなかった、その時点でこうなることは決まっていたのだ。

「話してよ。今なら自首って扱いにもできるからさ」

「……ちょっとだけ待ってもらえますか」

奥の部屋へ行き、こたつのテーブルをきれいに拭《ふ》いて、ランドセル売り場でもらったメッセージカードを広げた。あんなに考えたのに、ありふれた言葉しか浮かばなくて嫌になる。

ペンを置き、押し入れからランドセルの入った紙袋を出した。書いたばかりのメッセージカードを丁寧に添える。

「これを隣に返してください。さっき会った香苗さんが買ったのを、子どもを驚かせたいからって私が預かってたんです」

聞き入れてもらえるかどうかは賭《か》けだった。分が悪いと覚悟はしていたが、この型破りな警察官ならと、かすかな望みを感じてもいた。

ランドセルを背負った波瑠斗を想像する。やわらかな光に包まれて笑っている。

心に浮かんだのは、やっぱりありふれた言葉だった。

ハルくん、入学おめでとう——。

*

桜の川が足もとをさらさらと流れていく。

それに気を取られて、耳が留守になってしまった。

「悪い、何だって」

「小《こ》島《じま》多《た》恵《え》子《こ》はゆすられていたと言ったんだ」

報道でしょっちゅう目にする名前を、狩野は漢字で思い浮かべた。水野光代の本名だという。

窃盗を認めて自首した多恵子は、高齢男性をターゲットにした詐欺についても告白し、警察の面々を驚かせた。水野光代は多くの偽名のうちのひとつであり、日本各地を転々としては、そのたびに別の人間になって生きてきた。犯罪と縁の切れない人生だったが、とりわけマスコミによって「老老詐欺」として取り上げられた一連の行為は、スキャンダラスな興味も手伝って、一ヶ月以上がたった今でも世間の注目を集めている。そのなかには立件可能な案件も多数含まれていた。なぜ自分の不利益になる告白をしたのかという捜査員の問いに、多恵子は「もう疲れた」と答えたという。

「多恵子がゆすられてたことまで、おまえは察してたのか？」

スマートフォンから聞こえてくる葉桜の声は不機嫌そうだ。神奈川県警捜査一課の元同僚は、いつも不機嫌そうな声で話す。すばらしい手柄を立てたときでも、愛娘《まなむすめ》の誕生日を祝うときでも。

葉桜は多恵子を自首させたのが狩野だと知り、管轄外の事件であるにもかかわらず、その後の捜査で判明したことをわかる範囲で教えると言って、私的に電話をかけてきたのだった。刑事に戻れ——最終的にすっかり聞き飽きた言葉を伝えるために。

「まさか」

狩野は笑って否定した。事実、そこまではっきり予想していたわけではない。ただ、多恵子は本来、場当たり的に盗みをやるタイプではないから、何かあるだろうとは思っていた。

「勘は衰えてないな」

語らなかった言葉を、葉桜は聞き取ったようだ。いつもの台詞《せりふ》を持ち出される前に、狩野は急いで尋ねた。

「で、ゆすりってのは？」

「まだあの件を引きずってるのか」

ちょうど声が重なり、ふたりとも黙って相手の答えを待った。数秒の根比べののち、先に折れたのは葉桜のほうだった。

「多恵子の部屋から脅迫状が見つかった。詐欺のことをばらされたくなければ一千万よこせという内容だ。郵送でなく多恵子の家にじかに届けられたもので、差出人の名前はなし。梶《かじ》朱美と寺崎《てらさき》希がよこしたものだと、多恵子は考えていたらしい」

詐欺グループのメンバーだったふたりは、金を持って行方をくらましていたが、すでに逮捕されている。

「実際は誰だったと思う」

さあ、と狩野ははぐらかした。葉桜はため息をついたが、予想していたのか、無理に答えさせようとはしなかった。

「松野《まつの》香苗と古賀伸也《しんや》。松野は隣の住人で、古賀はその男だ」

多恵子を自首させた夜、家の前で会った女を思い出す。あのうろたえぶりは、単に警察が苦手だというだけには見えなかった。平静を装うには、度胸も人生経験も足りていなかった。こまめに染めているらしい髪から、強い煙草のにおいが漂っていた。

多恵子の家に入ってみて、アパートの壁が驚くほど薄いことに気づいた。反対隣の一〇三号室から、水音とテレビの音が聞こえていたからだ。しかし多恵子は気にする様子もなく、やや大きいと感じられる声もそのままに会話を続けた。老化で耳が遠くなっていることに加え、老人同士で会話をすることが多いため自覚がなかったのだろう。一方、一〇一号室は人がいるはずなのに妙に静かだった。息を殺して聞き耳を立てていたに違いない。

「多恵子の生活はすべて、薄い壁を通して隣に筒抜けだった。つまり電話で仲間と話した内容もすっかり聞かれていた。古賀と香苗は、多恵子が一千万という金額を口にするのを聞いて、日ごろからそのくらいの額を動かしていると思い込み、それなら支払う気になると踏んだらしい。朱美と希が逃げたことを知って、その状況なら疑いは彼らに向き、かつ脅迫に信憑性《しんぴょうせい》が出るという計算もあったんだろう。主犯はおそらく古賀だが、本人は香苗がひとりでやったことで自分は何も知らなかったと否認している」

「多恵子にそのことは」

「伝えたが、特に反応はなかったそうだ。ただ、多恵子は若いころ男に唆されて横領事件を起こしてる。捕まったのは多恵子だけだ」

多恵子は香苗に過去の自分を重ねただろうか。

「ところで、梶朱美が黙秘を続けていて取調官が手こずってる」

「へえ」

「おまえなら落とせる」

葉桜の声に力がこもった。狩野はへらっと笑ってかわした。

「俺とおしゃべりしてる暇があったら、奥さんに付き合ってやんなよ。デザートブッフェ、ずっと逃げてるんだろ」

葉桜はそれ以上は言わなかった。

電話を切って辺りを見まわす。一緒にパトロールに出てきた月岡は、少し離れたところで外国人に道案内をしているところだった。身振りでそうとわかるが、話している言語はさっぱりわからない。

「何語？」

「ドイツ語です」

小走りで戻ってきた月岡は、誇る様子もなく短く答える。

狩野は軽く足を振り、靴の先に引っかかった花びらを落とした。

「行こうか」

今日は徒歩で近場を回るつもりだ。桜は盛りを過ぎたが、それでも春の小京都を訪れる人は多い。

歩きだしたふたりの横を、小学生の一群が走り抜けていった。入学したばかりの一年生だろうか、黄色いカバーのかかったランドセルがやけに大きい。日差しを浴びた背中が輝いているように見えた。

「みっちゃん、どっかで和菓子でも買おうよ。詳しいでしょ」

月岡の実家はたしか老舗《しにせ》の和菓子屋だ。

「勤務中ですけど」

「堅いこと言わない。入学おめでとうってことでさ」

輝く背中がぐんぐん遠ざかっていく。どこへでも飛んでいけそうだった。

名前のない薔薇

お仕事はと訊《き》かれたら、自営業と答えることにしている。フリーランスの技術職と言うこともある。若いころは正直に泥棒だと言ってみたりもしたものだが、誰も信じなかった。かといって冗談として笑うには、俺に陽気さが足りないらしい。

「あんたにもそろそろしっかりしてもらわないと。もう四十も超えたんだから。このまま、ずっと東京で暮らすつもりなの？　結婚は？　祥吾《しょうご》、ちゃんと聞いてるの？」

母が事故に遭って入院したというので駆けつけたら、拍子抜けするほどぴんぴんしていて、面倒な説教が始まってしまった。顔を合わせるのは、一昨年《おととし》の震災以来だというのに。何度目かの逮捕を最後に息子は足を洗ったのだと、彼女は思っている。ただし、まともな仕事をしているとは思っていないようだ。どんな想像をしているのか、あえて訊いたことはない。

「これ、どうしたの」

何でもいいから話題を換えるべく、枕もとの花瓶に活《い》けられた花を目で指した。薔薇《ばら》に見えるが、それにしては華やかさがなく、はかなげな感じがする。色はごく淡い紫で、花びらは波打つような形をしている。

「きれいでしょ。看護師さんが飾ってくれたの。珍しい薔薇よね」

やはり薔薇なのか。花なんてわからないが、これは確かにきれいだと思った。鼻を近づけてみると、かすかに甘い香りがする。しかし離れたとたんに忘れてしまうような、本当にかすかなものだ。

ノックの音がして、母がよそゆきの声で応じた。入ってきた若い看護師は、薄化粧の顔に自然な笑みを浮かべていた。俺を見てこんにちはと挨拶《あいさつ》したとき、やや大きめの口もとに白い歯がちらついた。ひとつに結わえた茶色の髪が、柴犬《しばいぬ》の短い尻尾《しっぽ》のように小気味よく揺れた。白衣の胸には「浜本《はまもと》」という名札があった。

俺は中途半端に腰を浮かせて、中途半端に頭を下げた。

「母がどうも」

「あ、息子さんですか」

そうなのよ、いつまでもふらふらしてて恥ずかしいんだけど、と母が口を挟む。

「急なことでびっくりされたでしょう」

「ええ、まあ」

俺が生まれてすぐに父と離婚してから、女手ひとつで育ててくれた母だ。今はこの神倉で喫茶店を営みながら、ひとりで暮らしている。

「この人が薔薇をくれた看護師さん。すごくよくしてくれるのよ」

浜本は謙遜《けんそん》したが、母はめったにお世辞を言わない。

「お世話になります。薔薇もわざわざ」

「気にしないでください。うちの庭に咲いたものですから。父の趣味なんです。あたしも手伝ってはいますけど、花より団子で」

茶目っ気たっぷりの笑顔がまぶしかった。とりたてて美人というわけではないが、もてるだろうなと思った。

次に病院を訪れたとき、浜本が患者から罵声《ばせい》を浴びせられているのを見かけた。少し聞いただけで理不尽だとわかる言葉の暴力に、辛抱強く耐えて相手をなだめている。

「看護師さん、ちょっと」

見かねて助け船を出すと、浜本は一瞬、泣きそうな顔をした。

「本当に助かりました。悪い人じゃないんですけど」

すぐに笑ってみせたが、かなりまいっていたのだろう。

それをきっかけに、顔を合わせれば話をするようになった。彼女のファーストネームは理恵《りえ》といい、二十四歳で、神倉の郊外で両親と三人で暮らしている。食べるのが好きで、評判のレストランへ行ってみたいがなかなか時間が取れなくて、季節限定メニューをもう三度も見送っている。仕事は好きだが、たまにポカをやらかして大目玉を食う。好きな色は青で、行ってみたい場所はウユニ塩湖。

なりゆきで連絡先を交換すると、理恵からは毎日のようにメッセージが届いた。なんでもない挨拶や、日々のできごと、そして一緒にどこかへ行かないかという誘い。

もしかして、理恵は俺に好意を抱いているのだろうか。何度もそんなことを考えかけては、ありえないとすぐさま打ち消した。

俺は子どものころから洋画が好きで、恰好《かっこう》いい男に対する憧《あこが》れが人一倍強かった。特に悪い男に憧れて、泥棒になったのはその影響もあったのかもしれない。だが、自分がそんなふうになれないことはよくわかっている。見た目もぱっとしないし、しゃれた会話もできない。まして今やおっさんだ。若く魅力的な理恵に惚《ほ》れられる要素なんてひとつも見当たらない。

だが母の目から見ても、理恵の態度はそんなふうに映るらしく、「あんないい子がなんで」としきりに首をひねっている。母の知るかぎり一番のろくでなしは彼女の元夫で、二番目が息子なのだそうだ。

「そりゃ、もし理恵ちゃんがお嫁に来てくれたりしたら、こっちは万々歳だけどさ」

「何言ってんだよ。何が理恵ちゃんだ。間違っても本人にばかなこと言うんじゃないぞ」

厚かましい母の言い草に、顔から火が出る思いだった。俺自身、ちらりと妄想したことがあったからこそ。

だが理恵とどうにかなるなんてことを、本当には望んでいない。俺は泥棒なのだ。今さらまっとうな職に就けるとも思えないし、そうしたところで逮捕歴は消えない。

理恵からの誘いは、すべて都合が悪いと断った。しかし彼女はいっこうにめげず、じゃあ別の日ならどうですか、いつなら大丈夫ですかと尋ね続ける。心の隅に潜む分不相応な気持ちを、見透かされているのかもしれない。

きちんと告げなくては。プライベートの付き合いをする気はないと。理恵のためにそうしよう。人生で一度くらい、恰好いいことをしてみよう。

ついに決意して、初めてハイキングの誘いに応じた。小高い山の展望場で、小京都と呼ばれる古い町並みを見下ろしながら、理恵が作ってきた弁当をふたりで食べた。ひとつひとつ具の違うおにぎりに、枝豆や明太子やチーズの入った卵焼き、冷凍ではないらしい唐揚げやコロッケ、いかにも体によさそうなサラダや根菜の煮物。

忙しいだろうに手のかかった弁当を見て、理恵の気持ちを思い知った。いつになくはしゃいだ様子に胸が痛んだ。やはりもう目を逸《そ》らし続けるわけにはいかない。

「絵坂《えさか》さん、いつまでこっちにいるの」

「明日、東京へ帰るよ。そして二度と会わない」

理恵はすぐには理解できなかったようだ。その顔から、彼女の最大の魅力であるあっけらかんとした笑みが抜け落ちる。

「……なんで」

「俺は泥棒なんだ。前科もある」

嘘をついたり、関係をうやむやに終わらせたりするのは、不誠実な気がした。だがそれは自己満足にすぎなかったのかもしれない。

理恵の面にはっきりと傷ついた表情が浮かび、俺はうろたえた。

「あたしのことが迷惑なら、そう言えばいいのに」

「嘘じゃない！」

「しつこくしてごめんなさい」

「俺は本当に……」

「もうやめてよ！」

必要なら平気で女を袖《そで》にする悪党に憧れていた。しかしちっとも気分はよくない。両手で顔を覆ってしまった理恵に、せめて嘘ではないのだと、けっして理恵を嫌いではないのだと、わかってほしかった。

「証明できる。君が望むものを何でも盗んでくるよ」

理恵は唇に笑みを浮かべた。そうまでしてあたしを遠ざけたいわけね、という寂しい笑みであり、だったら困らせてやる、という意地悪な笑みでもあった。

「じゃあ薔薇を、薔薇を一輪、盗んできて。隣町の太田《おおた》さんっていう、薔薇屋敷として有名な家だからすぐにわかるよ。ミルクティー色の薔薇。十センチもない小ぶりの花で、カップみたいな形をしてるの」

理恵には似合わない笑い方を悲しく思った。

「わかった」

一週間後には、俺は目当ての薔薇を手に入れていた。太田家はいかにも裕福そうだったが、セキュリティは熟練の泥棒の侵入を妨げるものではなかった。

盗み出した薔薇を手に、理恵の自宅を訪れる。畑のなかに昔ながらの一戸建てが散らばっているうちの一軒で、真夜中ともなると、聞こえるのは虫の音ばかりだ。広々とした空には月も星もなく、明け方から雨になるという予報のとおり、湿った濃い闇が肌にまといついてくる。街灯がないせいで、なおさら闇が厚く感じられる。

たやすく家に侵入し、すぐに理恵の部屋を探し当てた。六畳ほどの和室には、通勤用らしきバッグや、百均のビニール袋や、開いたままの雑誌や、寝る直前まで羽織っていたのだろうストールが、無造作に置かれている。高価なものがないのと、少し散らかっているせいで、学生のアパートのような印象を受けた。

部屋の主は、組み立て式のパイプベッドで眠っている。寝顔に目を凝らすと、眉間《みけん》にしわが刻まれている。何か嫌な夢を見ているようだ。彼女が欲しがった薔薇を枕もとに置いた。ミルクティー色に合った甘い香りが、夢を優しいものに変えてくれるよう願った。

家の裏手にある畑に出たとき、空を覆っていた雲がわずかに切れた。細い月明かりに照らし出された光景に、思わず足を止める。一面の薔薇だ。畑の半分を占めるビニールハウスの中にも、その横の露地にも、色も形もとりどりの薔薇が咲き乱れている。無数の色と香りに眩惑《げんわく》され、頭がふわふわした。まるで薔薇に酔ったようだ。心地よくも、余計な感傷を呼び覚ます酔い。

一度だけ理恵の部屋のほうを振り向き、幻想的な庭に別れを告げた。月が再び雲に隠され、薔薇は色を失った。

東京へ戻った俺が、民家から現金を盗んで逮捕されたのは、それから数週間後のことだった。

警察は前から俺をマークしていたらしい。余罪をいくつか白状させられ四年の刑を受けた俺は、出所するなり、四年前に仕損じた仕事のやり直しにかかった。そのときの標的だった民家にもう一度、侵入したのだ。セキュリティは厳しくなっていたし、警察のマークも気にはなったが、黒星がついたままではすっきりしない。人生に借りがあるとでも言おうか、これからの仕事で取り立てに遭うような気がする。

ブランドもののインテリアを詰め込んだリビングに足を踏み入れたとき、テーブルに置かれた雑誌が目にとまった。表紙のなかから笑いかけてくる女の顔に見覚えがある。まさか。いや、でも。

手袋を嵌《は》めた手で雑誌を持ち上げ、バストショットの写真を注視する。緩く巻いた長い髪に、誰でも知っている高級ブランドの服。首と耳を飾っているのは本物の宝石のようだ。念入りな化粧によって作り込まれた顔は陶器のように白く輝き、つやつやした赤い唇が上品な弧を描いている。

目が乾いて、何度かまばたきをした。やや大きめの口が思い切り開いて笑い声がはじけるところを想像しようとしたが、うまくいかない。この写真の女はそんなふうには笑わないだろう。

華やかで洗練された微笑に「美人すぎる園芸家　浜本理恵」という文字が添えられていた。それは確かに理恵だったが、俺の知る理恵ではない。

雑誌を元の位置に戻し、何も盗《と》らずに家を出た。

インターネットで検索すると、浜本理恵の情報は簡単に集められた。たいてい「美人すぎる園芸家」というキャッチフレーズとともに紹介されていて、園芸とは無関係のテレビや雑誌への露出も多い。看護師はとうに辞めていたが、園芸家になったというよりはタレントになった感があった。有名になったきっかけは、彼女が生み出した新種の薔薇だという――ミルクティー色の。

彼女に会わなくてはならないと思った。

翌日の昼下がり、神倉市の郊外にある浜本家を訪ねた。今でもそこに住んでいるかどうかはわからなかったが、大胆にリフォームしたらしい家を見て、ここでいいのだと確信した。道路に面した広い庭を埋めつくすかのように、さまざまな種類の薔薇が、彩りも高さもバランスのよい配置で植えられている。門から延びる白い小道にはつる薔薇のアーチがあり、薔薇の回廊の先にヨーロッパふうの白い家屋があった。メルヘンチックでエレガント。四年前、ミルクティー色の薔薇を盗みに入った家に似ている。あれが理恵の憧れだったのだろうか。

門に貼られた警備会社のステッカーを習慣で確認しながら、カメラ付きの呼び鈴を鳴らしてみたが返事はない。周囲には相変わらず畑が多く、時間をつぶせそうな場所も見当たらないので、いったんその場を離れた。

夜になってから再訪し、呼び鈴を鳴らすと、ややあって「はい」と若い女の声が応じた。理恵の声だと確信はできなかったが、それでも心臓が跳ねた。向こうのモニターには、よれよれのジャケットとジーンズを身に着けた四十代後半の男が映っているはずだ。つい表情がこわばってしまう。

「絵坂さん！」

わからなくても無理はないと思っていたが、予想に反して理恵の口調に迷いはなかった。すぐに門のロックを解除する音がして、俺がまごついているうちに、サンダルを突っかけた理恵が薔薇の回廊をくぐって駆けてきた。帰ったばかりだったのか、シンプルなデザインゆえにかえって高級感が引き立つワンピースの胸もとを、大ぶりのネックレスが叩《たた》く。

「あたしに会いにきてくれたの？」

声を弾ませる理恵の笑顔に、ますますまごついた。

「どうしたの」

「いや、覚えてると思わなくて」

「忘れるわけない、忘れられるわけないよ。絵坂さんはあたしの恩人だもの」

さあ入って、と理恵は俺の手を引いた。爪は短く切られているものの、よく手入れされているのがわかる。

玄関には靴が一足もなかった。すべて巨大な靴箱に収納されているらしい。リフォーム前の浜本家に侵入したときは、両親と理恵の靴が雑然とあって、なかでも土に汚れた二足のゴム長靴が目にとまった。薔薇を育てているのは父で自分は花より団子だと理恵は笑っていたが、よくやっているのだと思った。やはり理恵自身も薔薇が好きなのだと。

「ご両親は？」

「父は死んだの。母は恋人と暮らしてる」

通された部屋は、応接間というよりサロンと呼びたくなる雰囲気だった。白い壁と天井に囲まれた広い空間を贅沢《ぜいたく》に使い、豪華なペルシャ絨毯《じゅうたん》、繊細なシャンデリア、つやつやした観葉植物、現代アートの絵画、しゃれたガラスのテーブル、本物の革張りのソファなどが配置されている。庭に面した側は一面が窓になっているようで、カーテンを開ければ薔薇の園が眺められるはずだ。

「すごい家だ」

「泥棒に気をつけなきゃ」

理恵はいたずらっぽい目つきになって冗談で応じた。

「ワインでもどう。それとも何か食べる？」

俺は唾《つば》を飲み込んで喉《のど》を湿らせた。

「それより聞かせてくれ。さっき俺を恩人だと言ったのは、あのときの薔薇のことだろ。君を有名にしたミルクティー色の」

理恵は唇を閉じてほほえみ、身振りでソファを勧めた。俺が立ったままでいると、彼女のほうも座りはせずに肩をすくめた。

「あたしに会いたくて来てくれたんじゃなかったんだ」

「ネットの情報じゃ、君があの薔薇を生み出したことになってた」

「そうだよ」

「違うだろ。あれは俺が太田って人から盗んだものだ」

「でも太田さんは品種登録をしてなかった」

「どういう……」

待って、というように理恵は落ち着いた動作で片手を上げた。

「順を追って経緯を説明するね。発端は三年前、絵坂さんが神倉を去った一年後のこと。地元のテレビ局が、アマチュア園芸家として父を取材しに来たの。早期退職することも勝手に決めた父だから、取材ももちろん勝手に受けてたわけ。母は怒って顔を出さなかったけど、あたしは当然のごとく手伝わされた。テレビ局としては、画面に映すならおじさんより若い女のほうがよかったんだろうね。父のほうも薔薇を作りたいだけで名声には興味がなかったから、カメラもマイクもあたしに向けられることになった」

ありそうなことだ。理恵は若いだけでなく、今のように目立つタイプではなかったものの充分に魅力的だった。

「当時あたしは絵坂さんにもらったあの薔薇を増やしてたの。ただ自分の楽しみのため、そしてあなたを失った痛みを慰めるために。その品種を訊かれて、あたしはとっさにこう答えてしまった――名前はまだないんです」

「まだない？」

「新種の薔薇を品種登録するには、農林水産省に申請しなきゃいけないの。確かに新種だと認定されれば、申請者の付けた名前で登録される。あの薔薇は太田さんが生み出した新種だった。でも彼は登録の申請をしてなかった。当時まだ名前がなかったっていうのは、そういう意味」

「太田はなんで申請しなかったんだ」

「あたしや太田さんがやってる交雑育種っていう方法は、簡単に言うと、違う薔薇同士を人工授粉させて種《たね》を作るの。種はたくさんできるけど、ひと粒ひと粒がみんな違ってて、それぞれがひとつの品種ってことになる。それらを育てていく過程で何度も選別して、これだと思う品種だけを登録するわけ。出願料も登録料もかかるしね」

「あの薔薇は選ばれなかったってことか」

そ、と理恵は軽やかに答えた。

「生まれたことを誰にも知られないまま、ひっそり消えてたはずだったの。ところが、あたしが生み出した新種としてテレビで紹介された。『美人すぎる園芸家』っていうキャッチコピーと一緒に」

「君が救ったから、あれは君の薔薇だって？」

「少なくとも太田さんから抗議はなかったよ。諦めただけかもしれないけど。ただ、彼が世に出すよりあたしがそうしたほうが、薔薇にとって幸せだったってことは確実に言える。薔薇の価値って、薔薇そのものの価値だけじゃないんだよ。ロイヤルベビーの名前が付いてるとか、作り手が有名人だとか、人気を得るにはそういう付加価値の部分が大事なの。あたし程度の平凡な容姿の女に『美人すぎる園芸家』なんてどうかと思うけど、だからこそあの薔薇は売れて生きながらえてる。売れなきゃ登録料を払い続けてまで登録しておかないもの。そうやって消える薔薇なんて、いくらでもあるんだから」

言葉を見つけられなかった。平然と語る理恵には、悪いことをしているという意識がないようだ。それとも自分を正当化して、そう信じ込もうとしているだけなのか。

「……君は変わった」

やっとそう告げると、理恵は片頬だけで笑った。

「絵坂さんがどう思ってるかはわかるけど、あたしは今の自分のほうが好き。ただ手に職を付けたいだけで看護師になって、父の薔薇道楽を呆《あき》れながらも手伝って、ささやかな幸せといくらかの我慢のバランスを取って堅実に生きてきた。なんてつまらない生き方をしてたんだろうって思うよ。贅沢するのは楽しいし、ちやほやされるのは気持ちいい。あたしの人生の主役はあたしなんだって、生まれて初めて実感してるの」

無意識にか、理恵はさっきからネックレスをもてあそんでいる。普段なら自然に値踏みしているはずなのに、目が少しも役に立たない。

「本当にこれが君の幸せなのか」

盗みという種から嘘という芽を出し、メディアに咲かせられた虚構の花。それが「美人すぎる園芸家」浜本理恵だ。

「このごろは新品種も発表してないみたいだけど」

とたんに理恵はきっと俺をにらんだ。

「種をまいてからちゃんと見られる形になるまでには十年近くかかるの。そんなぽんぽんできるもんじゃないんだから」

「じゃあ、君が発表したいくつかの品種は、有名になる前から育ててたものなのか」

「ただの遊びでね。そのころは価値なんて考えてなかった」

だからあまり人気が出なかったのだと、理恵は言いたいらしい。だが彼女の知名度が上がっていることを思えば、付加価値の問題ばかりではないのだろう。ネットで評判を見るかぎり、理恵が生み出した薔薇は、美しさも珍しさも太田から盗んだものに遠く及ばないようだ。

まぐれ、という言葉が目についた。最初のはまぐれ。浜本理恵には薔薇づくりのセンスも能力もない。要するに園芸が趣味のタレント。タレントにしては芸もないし、べつに美人でもない。

俺の考えを読んだように、ネックレスをいじる理恵の手に力がこもる。

「商品になる品種を生み出すって簡単じゃないんだよ。花の色、大きさ、形、花びらの枚数、香り、棘《とげ》の数、病気への耐性……いろんなことを考えて考えて、祈る思いでやってるの。なのに、何も知らないやつらが好き勝手なこと言って」

ぎらぎらした目が俺を見据えた。

「お願い、絵坂さん。もう一度、あたしのために薔薇を盗んで」

衝撃とともに理解した。理恵が俺を忘れずにいたのは、再会をあんなに喜んだのは、ずっとこのことを考えていたからなのだ。

「今のタイミングで絵坂さんに会えるなんて運命だよ。ねえ見て、つい最近、友達から送られてきた写真なんだけど」

差し出されたスマートフォンの画面には、駆けてくるトイプードルが写っている。その向こうには、年齢不詳の中年女性の姿があった。ピントがぼけているが、非常に痩《や》せていて背が高く、明るい日差しにはそぐわない長袖の黒いロングワンピースを着ている。髪も黒く、そして異様に長く、三つ編みにして膝《ひざ》の裏まで垂れている。

「この人は友達の伯母《おば》さんで、趣味で薔薇の育種をやってるんだって。ほら、犬の後ろに鉢植えの薔薇が写ってるでしょ。この枝を切ってきてほしいの」

俺は黙って視線を移した。花びらが尖《とが》った芯《しん》の高い花で、犬の大きさと比べるとかなりの大輪のようだ。色は外へ向かうにつれて黄から赤へと変化するグラデーションになっていて、中心の鮮やかな黄色は澄んだ金色のように輝いて見える。華やかで凜《りん》として、なるほど、「美人すぎる園芸家」にふさわしいのかもしれない。

「まだ品種登録されてないの。つまり誰にも知られてない」

「この写真を撮った君の友達は知ってる」

「でも、これが新種だなんて知らないもの。画像をＳＮＳにアップしたり誰かに送ったりしてないことは確認済みだし、隙を見て彼女のスマホから削除したから今後も大丈夫」

「当の開発者はどうなんだ。太田のときみたいに、今回も泣き寝入りするとは限らないだろ。だいたい、見せた相手は君の友達だけじゃないんじゃないか」

理恵は鼻で笑った。

「開発者って、そこに写ってる魔女みたいなおばさんだよ」

雨宮《あまみや》というその女性は、ひとり暮らしで、親戚《しんせき》や近所の人たちからも孤立しているという。多少なりとも付き合いがあるのは、幼いころからかわいがられていた唯一の姪《めい》、すなわち理恵の友人だけ。変人で通っており、ひとりごとを言いながらうろつく、あっちでもこっちでもトラブルを起こす。偏屈なところはあっても悪い人じゃないのにと、優しい姪は心を痛めているのだそうだ。

「友達には悪いけど、そんな人が何を言ったって誰も相手にしないでしょ」

「でも、君はこの薔薇について何も知らないんだろ。どうやって作ったかとか」

「登録なら問題ないよ。新種を生み出すのにどの品種とどの品種を掛け合わせたのか、つまり親は何なのかを明かす必要はないの。企業秘密だもの。親は無名実生《みしょう》――名前のない自分しか持ってない種から出たもの、としてもいいし、わざと違う親を書いて申請する場合だってある」

俺は口を開いたが、言葉は出てこなかった。理恵の心に届きそうな言葉を見つけられなかったし、そもそも泥棒である自分に何が言えるというのか。

理恵のまなざしがふっと和らいだ。まるで厄介な患者に接する辛抱強い看護師のように。

「太田さんの薔薇と同じだよ。この変なおばさんが世に出すより、あたしがそうしたほうが、薔薇にとっては幸せなの。せっかく生まれてきたのに、価値を認められずに死んでいくなんてかわいそうじゃない」

脚の運び方まですっかり変わった理恵が、窓辺に寄ってカーテンを開くのを、黙って目で追った。窓の外には緻密《ちみつ》に設計されているのだろう薔薇の庭園が広がっている。夜の静寂に包まれ、透きとおった月明かりを浴びながら、闇を埋めるように群れ咲く無数の薔薇。理恵が窓を開けると、秋の夜風とともにほのかな香りが漂ってきた。薔薇たちの息遣いが聞こえてくるようだ。

「知ってる？」

理恵は窓枠に手を乗せ庭のほうを向いたまま語る。

「野生の薔薇ってみんな花びらが五枚なの。でも二百年以上も人工的な交雑が続けられてきた結果、今じゃ数百枚のものもある。交配すると、薔薇は野生に近づこうとして花びらを減らしたがるんだけど、人間は自然に逆らって自分たちの望む美を生み出してきた」

奇形という言葉が脳裏に浮かんだ。美しい奇形。

「そのなかでも特に人間に気に入られたものだけが、名前を付けられ登録されて生き残る。ここにいる子たちは、ものすごい倍率の生存競争を勝ち抜いてきたんだよ」

「君が昔、母の病室に飾ってくれた薔薇も？」

淡い紫のはかなげな薔薇。黄昏《たそがれ》か夜明けの空を思わせるその色を今も覚えている。

「父が交配で作った品種だよ。でもお金にならないから、栽培も登録もやめちゃったの。もうこの世から消えた」

「きれいだったのに」

「そんなことといちいち言ってたら、この仕事はやってけないよ。品種の選抜って、命の選抜なんだよ。夜ひとりでビニールハウスにいると、薔薇たちが自分を生かしてくれって訴えてくるの。あたしを取り囲んで、生きたい、生きたいって懇願するの。怖くなって逃げ帰ることもあるんだから」

俺は理恵の後ろ姿越しに庭を見ていた。薔薇たちが一心に理恵を見つめているようで、肌が粟立《あわだ》つ。

口にできる言葉は、もはやひとつしかなかった。

「引き受けられない」

理恵が目を見開いて振り向く。

「なんで。前はやってくれたじゃない」

「こんなふうになるとは思ってなかったんだ」

「こんなふう？」

せせら笑うような声だった。だが笑えていない。口角だけをぎこちなく上げたこわばった表情で、理恵は両手を広げた。

「こんなふう？　そうだね、絵坂さんにしてみれば育種に失敗した気分かもね。あの種《たね》からこんな醜悪な花ができるなんて！　でも、育てたのはあなただよ」

鼓膜と心に突き刺さった。理恵はまるで棘だらけの薔薇だ。その棘は彼女自身をも傷つけているように見える。今の自分のほうが好きだと本人は言うが、ではなぜこんなに苦しそうなのか。

四年前、俺が薔薇を盗んだりしなければ。当時の自分を殴ってやりたかった。本当に理恵のためを思うなら、心にもない言葉をぶつけてでも突き放すか、黙って姿を消すべきだったのだ。これは俺の自己満足の結果だ。

理恵は下を向いて息を吐き、顔を上げたときには、美しく寂しげな微笑を浮かべていた。頬に落ちかかった髪が、セットされていた位置にぴたりと戻る。

「絵坂さんが持ってきてくれた薔薇にあたしが付けた名前、知ってるよね」

「……〈ひととき〉」

「絵坂さんといたひととき、幸せだったな。あれからずっと言いたかったの。本当のことを打ち明けてくれたのに信じなくてごめんなさい。そして、あなたが泥棒だってあたしはかまわないって。ねえ、今からだって遅くないでしょ。空白の時間を埋めさせて」

夜と薔薇を背負った女の唇は、赤く艶《つや》やかに光っていた。


数日後、俺は真夜中の庭に立ち、鉢植えの薔薇を見下ろしていた。庭といっても理恵や太田の本格的な庭園とは違い、狭い土地にブロックで囲まれた花壇があって、あとは詰め込めるだけのプランターや鉢が並んでいるという、あくまでも趣味でおこなうガーデニングの産物だ。

薔薇の前に膝をつくと、ごくかすかな芳香が鼻先に届いた。少し顔を傾けた薔薇の細い首筋に触れ、枝をそっとつまんでなでる。棘が刺さったか、親指の腹がちくりとして、理恵の言葉がよみがえった。育てたのはあなただよ。

俺のせいで苦しんでいるのに、どうして知らんぷりができるだろう。理恵を助ける。その結果、たとえ今以上に苦しむことになったとしても。

自分に言い聞かせ、剪定鋏《せんていばさみ》を持つ手に力を込めた。枝を切る音が、痛みのように鋭く胸に響いた。

＊

クリスマスにはあんまりいい思い出がない。三年つきあった彼氏にふられたり、転んでブーツのヒールを折ったり、子どもの患者にケーキをぶつけられたり。なかでも真っ先に頭に浮かぶのは、小学生のころのクリスマスだ。あれは何年生のときだったのか。サンタクロースはもう信じていなかった。友達みんなが夢中になっているゲーム機が欲しくて、何ヶ月も前から両親にアピールしていた。ところがクリスマスの朝、目にしたのは、新しいゴム長靴だった。その日は休日で、父は朝食を終えるやいなや「理恵、行くぞ」とあたしを畑に促し、母は不機嫌な態度でテーブルを片付けていた。

でも今年のクリスマスは違う。あたしは朝から家の裏にあるビニールハウスにいた。父のものだったころよりはるかに設備を充実させた、プロの園芸家、浜本理恵のビニールハウスだ。

順調に伸びていく枝を見ていると、自然に頰が緩む。絵坂から受け取った三本の枝。種のひと粒ひと粒が別品種である以上、種から育てた薔薇はすべて別品種になる。だからあるひとつの品種を増やすには、その薔薇の芽がついた枝を切り取って、ノイバラの根に接ぐか、土に挿して根づかせるという方法をとる。すると枝は成長して、元の薔薇と同じ花をつける。体の一部から全体を再生させる、要するにクローンだ。

十月に手に入れた枝を、死なせないよう大切に保管して、接ぎ木の適期である冬を待った。十二月になっていよいよ接ぎ木したときは、うまくいくかと気が気でなかったが、現時点ではすべての枝で成功している。このまま注意を怠らずに育てていけば、春には一番花に会えるだろう。あの華やかで凜とした、浜本理恵にふさわしい薔薇に。うるさく催促してくる関係者にも、近いうちにいい報告ができそうだと言ってやれた。

この喜びと期待を絵坂に伝えたかった。でも彼は、あたしに枝を渡しにきたのを最後に姿を消してしまった。電話もメールも通じない。

先々の保険のためには断ちたくない関係だったがしかたない。この薔薇が当たれば、しばらくはそれでもつ。その間に今度こそ自分で、誰もが飛びつく新品種を生み出せばいいのだ。あたしは勤勉だし、子どものころからずっと手伝わされてきた経験もある。できないはずがない。

でも万が一、運悪くできなかったときは、いっそ園芸家を引退してもいい。テレビや雑誌のおかげで、〈ひととき〉は異例の大ヒットとなり、ゴーストライターに書かせた関連本も売れた。貯金はたっぷりできたし、父のように薔薇に人生を捧《ささ》げるつもりもないのだから。

いつの間にか眉間に力が入っているのに気づいて首を振った。薔薇の名前を考えよう。まだ幼子のような枝を見つめ、黄から赤へとグラデーションのかかった大輪の薔薇を思い描く。輝かしい名前がふさわしい。光輝、栄華、シャイン……。

呼び鈴の音に夢想を破られた。ビニールハウスにいることが多いので、ここにも音が届くようにしてある。庭へ回って門のほうをうかがうと、制服を着た警察官がふたり立っていた。

あたしはとっさに薔薇の茂みに身を隠した。胸がどきどきして、ガーデニングエプロンをつかんだ手が震えている。なんで警察が。思い当たることはひとつしかない。絵坂に盗んでもらった薔薇の枝。

ひとまず居留守を使おうかと思ったが、警察官たちはなかなか立ち去らず、門の外から庭を眺めて談笑している。その様子をしばらく観察したのち、深呼吸をして腹をくった。緊迫感がないところを見ると、あたしを疑っているというわけではなさそうだ。それに、今逃げても先延ばしになるだけだろう。

門に近づくにつれて警察官の声が聞こえてきた。

「薔薇といえば、おっさんには黄色の大輪の薔薇が人気なんだって。あ、俺も好きだわって気づいちゃって、ショックでさあ。四十三だからおっさんに違いないんだけど」

「薔薇の好みは、年齢や性別だけじゃなくて地域性もあるって言いますよ。日本と海外でも違うし、国内でも地方によって傾向があるとか」

「本当？じゃあ誰かに薔薇を贈るときには出身地を聞いとくといいかもね。で、どこがどうなの」

やっぱり緊迫感はない。少し落ち着いて、門へ続く白い小道に姿をさらした。気づいた警察官たちが会話をやめて頭を下げる。年上でやや髪が長いほうはうなずく程度に、若くて背が高いほうはきびきびと。

テレビや雑誌に出るときの笑顔を作って、会釈を返しながら近づいた。こんにちは、と自分から朗らかに挨拶する。

「こんにちは。すいませんね、お仕事中でしたか」

年上のほうが応じた。低姿勢で愛想のよい態度に、こわばっていた筋肉がほっと緩む。

「浜本理恵さんですよね。お顔はテレビで」

「ありがとうございます」

「神倉駅前交番の狩野です。こっちは月岡」

若者は黙って一歩後ろに控えている。

「ちょっと確認してもらいたいものがありまして」

狩野の言葉に合わせて月岡が差し出したのは、ビニール袋に入った剪定鋏だった。スタイリッシュな柄《え》と牛革のケースに、アルファベットで名前が刻印されている。

「これ、あたしの……？」

海外ブランドの特注品だ、ふたつとあるものではない。

なんで警察があたしの鋏を。混乱のあまり言葉が続かない。

「落とし物として交番に届けられましてね」

「落とし物？」

そんなはずはない。この剪定鋏はケースと合わせて十数万円もする品で、カメラの前でしか使わない。普段は同じブランドのエプロンや手袋や長靴と一緒に、家の中で保管している。

なくなっているなんて、今まで気づいていなかった。それはすなわち、テレビや雑誌に出る機会がなかったということだ。そう思ったとたん、かっと顔が熱くなった。落ち目。一発屋。自分が世間でどう言われているかは知っている。あたしをテレビで見たことがあると言った狩野も、内心では嘲《あざけ》っているのかもしれない。

「なくしたときのことに心当たりはありますか」

「たしか二ヶ月くらい前に、テレビの収録で使ったあと見当たらなくて」

とっさに嘘をついた。気づいていなかったとは言いたくなかった。

「じゃあ収録した場所で落としたか、忘れてきた？」

「そう思ってスタッフに捜してもらったんですけど、見つからなかったんです」

「じゃあ盗まれたのかもしれませんね」

「それも考えたんですけど……」

そうは思いたくないというふうに、眉《まゆ》をひそめて首を横に振る。

「どこで見つかったんですか」

「雨宮さんって人のお宅です」

「雨宮？」

声が裏返った。あたしが頼んで、絵坂に薔薇を盗ませた家。

狩野がちょっと首を傾げる。

「知ってます？」

「あ、いえ……」

「雨宮さんも趣味で薔薇の育種ってのをやってるそうですよ。で、自宅の庭にこの鋏が落ちてるのを見つけて、交番に届けてくれたんです」

頭のなかがぐらぐらして、狩野の声が遠くなったり近くなったりした。

雨宮家の庭にあたしの鋏が落ちていた。それはつまり、絵坂が裏切ったということだ。彼があたしの剪定鋏を盗み出し、雨宮家に侵入した際、その場に置いてきた。それ以外、考えられない。

狩野が何か尋ねたようだ。え、と目をしばたたく。

「雨宮さんちに行ったことは？」

「……ありません」

「やっぱりそうか。あちらも面識はないと言ってましたよ。鋏に刻印されたあなたの名前を見て、なぜテレビや雑誌でしか知らない園芸家の鋏が自宅の庭にあるのか、不思議でたまらなかったって」

「失礼ですけど、彼女が何か勘違いをしてるんじゃないですか」

「あ、やっぱり雨宮さんのこと知ってるんですね」

「え？」

「彼女、と言ったから」

冷や汗が出た。確かに、狩野は雨宮が女だとは一度も言っていない。

「アマチュア園芸家としてお名前だけは」

乾いた唇を舐《な》め、思い切って尋ねる。

「雨宮さんは他に何か言ってなかったんですか」

「何か、というと？」

「だから、鋏を拾ったときの状況とか」

新種の薔薇の枝が切られ、持ち去られていたはずだ。そのことを彼女は話さなかったのだろうか。話していれば、警察は鋏と関連づけるのではないか。もしかして狩野たちはそれで来たのか。

警察官たちの様子をさりげなく観察する。狩野は相変わらずにこにこしているし、月岡の実直そうな表情も変わらない。あたしを薔薇泥棒だと疑っているようには見えないけれど、どんなに注視しても心のなかまで見通すことはできない。たとえば「美人すぎる園芸家」をちやほやともてはやす人たちが、内心ではばかにしているとしても。

「浜本さんのほうで、何か気づいたことが？」

「あたしは何も……わけわかんない」

逆に訊かれて動揺したのもあり、ついとげとげしい口ぶりになった。あたしをこんな目に遭わせているあの男――絵坂の顔が頭に浮かぶ。

なんでこんなことをするのか、問いつめたかった。嫌がらせだろうか。かつて薔薇を盗んだのは彼なのに、あたしだけが成功しているのを妬《ねた》んで。それとも、昔とは変わってしまったあたしを許せず、憎くなった？　冗談じゃない、憎むのはこっちのほうだ。四年前、自分が泥棒だということを証明すると同時に、絵坂は姿を消した。たとえ泥棒でも好きだったのに、そう伝えさせてもくれなかった。

「ずいぶんお怒りみたいですね」

狩野の態度は、有名人のプライベートをのぞき見したがる野次馬そのものだった。にやにやして、立ち方ひとつとっても真剣味が感じられない。もしかしたら有名人が珍しくて、会話を引き延ばしているのかもしれない。狩野への、現状への、絵坂への怒りが混じり合って膨らんでいく。

「自分のものを盗まれたら、誰だって怒るでしょう」

「でも鋏がなくなったのは二ヶ月前で、そのときは盗まれた可能性を考えてても警察には届けなかったんですよね。諦められる程度の気持ちだったわけだ。ところが、それが見つかったというときになって、そんなに怒りが湧くっていうのはなあ」

「え……」

意味がわからなかった。あたしは何かまずいことを言ったのか。

「鋏がなくなったことより見つかったことに怒ってるように見えるのは、俺の気のせいですかね。見つかったのが雨宮さんのお宅の庭だってことにも、何か思うところがあるみたいだ。不思議な話に首をひねるのはわかるけど、なんでそんなにうろたえてるんです」

顔が汗で濡《ぬ》れているのをふいに自覚した。十二月なのに不自然に違いないが、狩野と月岡、二対の目がそれを観察していると思うと、拭《ぬぐ》う動作ひとつにもびくびくする。やっぱり警察はあたしを疑っていたのだ。

否定しなければならないのに、何とでもごまかしようはあるはずなのに、言葉が出てこない。心臓の音が耳の奥で響いて、早く何か言え、早く、早く、と急《せ》かす。開いた口から白い息がひっきりなしに漏れる。

ばれたら破滅だ。富も名声もすべて失い、「美人すぎる園芸家」は、元のさえない女に逆戻りだ。いや、信用を失う分、元の状態よりも悪い。メディアは手のひらを返して、シンデレラの転落を報道するだろう。家のリフォームや応接間のインテリアのために組んだローンはどうなる。

目が泳ぎ、庭を彩る薔薇の間をさまよう。ここにあるのは選ばれた薔薇たちだ。生まれたときから見向きもされず、この世に誕生したことすら知られず、何者にもなれずに死んでいく薔薇とは違う。そう、あたしは違う。選ばれない薔薇にはならない。

「知らない」

気づけばそう口にしていた。

「雨宮さんちに入った泥棒とあたしは関係ない！」

自分の金切り声が鼓膜に刺さった。そのあとに沈黙が訪れ、はっとして警察官たちを見た。狩野はもう笑っていない。月岡は落ち着いた様子のまま、こちらに意識を集中しているのがわかる。

「俺たちは拾得されたあなたの鋏を届けに来ただけなんだけど、雨宮さんちに入った泥棒って何のこと？」

狩野が小首を傾げて尋ねたとたん、急に日が陰ったような気がした。これから本格的な冬が来る。四季咲きの薔薇も、冬は咲かない。

交番で話を聞きたいと言われておとなしく従ったものの、あたしはひとこともしゃべらなかった。安っぽい蛍光灯が反射する机をにらみ、自分を有名にしたミルクティー色の薔薇を思い浮かべていた。それに与えた名のとおり、栄光はひとときで終わってしまうのか。そんなことはないはずだ。春になればまた薔薇が咲くように、あたしも返り咲いてみせる。

気持ちを強く持って冷静に考える。狩野たちはあたしに鋏を届けに来ただけだと言った。つまり雨宮は、薔薇の枝が盗まれたことを警察に話していないのだ。思えば、絵坂が薔薇の枝を切って持ってきたのは十月、二ヶ月も前のことだ。鋏が発見されるまでに時間が空きすぎているから、雨宮はふたつの事象をつなげて考えなかったのかもしれない。

さっきはかっとなって気づかなかったが、この時期のずれは奇妙だった。絵坂の仕業なのはまず間違いないとして、なぜ彼は盗んだときに鋏を置いてこなかったのか。

何にせよ、もう狩野とは話さないほうがいい。また失言を引き出されたら、助かるものも助からなくなってしまう。視線だけをちらりと上げて、正面で頬杖《ほおづえ》をついている男を見た。顎《あご》の下で組んだ指は、看護師として多くの人間を見てきたあたしでもちょっと驚くほど長い。からめとられないためには、沈黙のなかに閉じこもるのが一番だろう。

奥の部屋で電話を受けていた月岡が、狩野に目配せして首を横に振った。それであたしは自宅に帰れることになった。狩野が頭をかいて言うには、あたしが口にした「雨宮さんちに入った泥棒」という事実が確認できないのだそうだ。警察官が雨宮宅を訪れて調べたが、侵入の痕跡《こんせき》はなかったという。

「もちろん雨宮さんにも確認してもらったけど、『薔薇の枝一本たりとも盗まれてなんかいませんよ』ってさ」

薔薇の枝一本たりとも！　あたしは愕然《がくぜん》とした。薔薇の盗難に思いが及ばなかったのならともかく、その言葉が出た上で何も盗まれていないとは、いったいどういうことだろう。変人で知られる雨宮の脳内で事実がねじ曲がっているのか。いや、そうではなく、本当に薔薇が盗まれていないのだとしたら……。

夕方になって帰宅したあたしは、まっすぐビニールハウスへ向かった。足の運びはぎこちなく、手のひらには棘を握りしめたかのように爪が刺さっている。

無意識に息を潜めて、接ぎ木した雨宮の薔薇――であるはずの、絵坂から受け取った薔薇に近づく。日に日に伸びていく枝。雨宮の薔薇が盗まれていないなら、これは何だというのか。ノイバラの根に寄生して育っていくこれは。あたしが育ててきたこれは。

にわかに寒気に襲われて、自分の体をきつく抱いた。


希望と不安の間を行ったり来たりしながら、あたしはそれを育て続けた。葉の形や棘の数に違和感を覚えても、目をつぶってすがるように信じた。きっと黄から赤へグラデーションのかかった大輪の花が咲く。きっと。どうか。

三月の初め、明るい光の差す春の日に、つぼみがついた。あたしは悲鳴をあげた。つぼみの色は、黄昏か夜明けの空を思わせる、ごく淡い紫だった。

お父さん。あえぐように開閉する唇から、声にならない言葉が漏れる。

それは父が生み出した薔薇だった。見間違えるはずがない。金も時間もみんなつぎ込み、家族を顧みることもせず、ついに生み出した新種。あまり売れなかったので、あたしは品種登録を続けず、栽培自体もやめてしまった。だからもうこの世から消滅してしまったはずの薔薇だ。なのに、どうして。

――盗んだな。

ふいに父の声が聞こえて、びくっと肩が跳ねた。

父がいつものように一方的な調子で言ったのは、あたしが〈ひととき〉を登録してすぐのころだった。ビニールハウスで作業をしている最中で、父はあたしのほうを見ず、手もとに熱心な視線を注いだままだった。

　すぐに登録を取り消して栽培もやめろと言う父に、ひどく腹が立った。なりゆきとはいえ悪いことをしている自覚はあったが、家族よりも薔薇を優先して勝手ばかりの父に指図される筋合いはない。父はあたしを労働力として確保しておきたいのだと思った。自分の人生のみならず、あたしの人生までも自分の薔薇に捧げさせるつもりなのだと。おそらく無意識だったのだろうが、それは巧妙なやり口だった。命じるのでも頼むのでもなく、幼いころからそういうものだと刷り込むことで、娘に疑問を抱かせることもなく操ってきたのだ。

　テレビカメラを向けられたとき、自分をつないでいた鎖の存在に気がついた。「美人すぎる園芸家」のために開かれた世界は、広く、輝いて見えた。もう父の言葉には耳を貸さなかった。繰り返される忠告を、父が死ぬまで無視した。

　その父の声が、今、聞こえる。

「やめてよ！」

　つぼみのついた薔薇をなぎ倒した。淡い紫のつぼみは土にまみれたが、まるで顔を上げてこちらを見つめるように、先端をあたしのほうへ向けている。

「あたしを責めてるの？」

　ほとんどパニックになって手を振り回し、接ぎ木したすべての薔薇をめちゃくちゃに叩いた。葉がちぎれ、枝が折れ、青いにおいが指にまとわりついてくる。

「あんただってあたしの自由を盗んできたじゃない！　あたしはやっと、あたしの人生を手に入れたの！」

——盗んだな。

父の薔薇をつかみ、力任せに地面に叩きつけた。何度も何度も、手から血が出てもやめなかった。つぼみのついた枝は首が折れたようになり、やがて幹までもずたずたになった。それでも気持ちは治まらず、周囲の薔薇を手当たり次第に痛めつける。薔薇が父の味方をして、あたしを責めているように思えた。

「あたしはただ、夢を見たかっただけ……」

作り手の望む薔薇でなくても、生きることを許されたかった。好きに生きて咲いて、きれいだねと言われたかった。

いつの間にか顔が涙でぐしゃぐしゃになっていた。膝からくずおれたあたしの耳に、メールの着信音が届く。内容は見なくてもわかっていた。新種の発表を急かすテレビ局や事務所のメールが、スマホにもパソコンにもぎっしりとたまっている。

ぎゅっと体を丸め、血と土と植物の汁にまみれた両手で耳を覆った。目を固く閉じて暗闇へ逃げ込む。黄昏も夜明けも見たくなかった。

＊

屋根の上の風見鶏《かざみどり》が、春風を受けて気持ちよさそうに日なたぼっこをしている。目を細めてその光景を見やってから、小さな花壇に屈《かが》み込んだ。パチンと澄んだ音を立てて、咲いたばかりの薔薇を切る。

祥吾、と呼ばれて店内へ戻ると、さっきは空だったテーブルに男がふたり座っていた。母が経営する喫茶店は、柄にもなく「赤毛のアン」をイメージしたというかわいらしい洋風の外観で、メニューも紅茶が中心であることから、男性客は珍しい。

ひと目見て、俺は反射的に身構えた。ふたりともジーンズをはいてくつろいだ恰好だが、わかる者にはわかる。彼らは非番の警察官だ。ひとりは二十代で体格がよくいかにも動けそう、もうひとりは一見だらしない中年だが油断ならない気配を秘めている。泥棒稼業からはもう足を洗ったものの、つい緊張して観察してしまう。

「ぼうっとしてないで、これ」

母がショートケーキとロールケーキをカウンターに置いた。他に客はいないから警察官たちの注文だろう。

切ってきた薔薇をいったんカウンターに置いて手を洗っていると、カウンターの内側にある小型テレビが目に入った。ポップな柄のエプロンがよく似合う中学生くらいの少女がインタビューに答えている。「美少女園芸家」として、このごろよく見る顔だ。逆に「美人すぎる園芸家」はぱったり見かけなくなった。移り変わりの速い軽薄な業界なのよね、と母が知ったようなことを言う。

ケーキを運んでいくと、中年のほうの警察官が、さっきカウンターに置いた薔薇を目で指した。

「あんな薔薇があるんだね」

俺は振り向いて、ごく淡い紫色の薔薇を見やった。

「前に母が入院したとき、担当の看護師さんからもらったんです。母がそれを気に入って増やしたんですよ」

そのことを理恵は知らない。彼女の父が生み出し、彼女が消し去った薔薇のクローンが、ここの庭に生き残っていることを。

理恵に渡したのは、その枝だった。それからひそかに理恵を見張り、接ぎ木するのを見届けたのち、彼女の剪定鋏を盗んで雨宮家の庭に置いたのだ。雨宮家に侵入したのはそのときが初めてで、薔薇を盗んではいない。

「きれいなもんだね。薔薇の世話は大変だって聞くけど」

「やりようじゃないですかね、うちはいいかげんだから。でも剪定はこまめにやりましたよ。きれいに咲かせるためには、かわいそうでも、ときには枝を切り落としてやらないといけないんです。それも育てる人間の責任かなと」

理恵を更生させようなどと、おこがましいことを考えたわけではない。俺にとって好ましかった昔の理恵に戻そうとしたわけでもない。今の状態が彼女にとって本当に幸せならそれでよかった。だが本人が何と言おうと、彼女は幸せそうには見えなかった。俺のせいだと思うと、放ってはおけなかった。

それでも、理恵が完全に変わってしまっていたら、見切りをつけていたかもしれない。だが理恵は、品種の選抜をするとき薔薇たちが生きたいと懇願している気がして怖くなると語った。薔薇への愛情があるからこその言葉だと思った。彼女の優しさを信じたかった。

「何という薔薇なんですか」

若いほうの警察官に穏やかな物腰で訊かれ、接客用の笑顔を思い出した。

「かつては色からのイメージか、〈覚めた夢〉といったそうです。今は登録されてないので、名前はありません」

「覚めた夢、か。夢から覚めるのか、覚めて見る夢か」

中年のほうがケーキを頬ばりながら、もごもごとつぶやく。

「今、俺、ちょっとかっこいいこと言ったんじゃない？」

「そうですね」

本当に同意しているのか、あしらっているだけなのか、ダージリンを飲む部下の表情からは判断がつかない。ふたりともどこかつかみどころのないタイプだなと、またも無用の警戒心が頭をもたげる。相手から見られているように感じるのも、一種の職業病なのだろう。

狩野さん、と若いほうが中年のほうを呼んだ。その名前に聞き覚えがある気がして、改めてさりげなく顔を見る。心当たりはないが、なぜか胸の奥がざわつくような不穏な感覚がある。

原因を突きとめられないうちに、警察官たちはティータイムを終えて出ていってしまった。

入れ替わりに新たな客が入ってくる。軽やかなベルの音に顔を向け、つかの間、棒立ちになった。

ドアの前に立ったままはにかんだようにほほえむのは、浜本理恵だ。さっぱりとしたブラウスとベージュのパンツに身を包み、薄化粧で、緩く巻いた長い髪をふわりと肩に垂らしている。「美人すぎる園芸家」の面影は薄いが、四年前の姿とも違う。

「泥棒なのに何も盗まないなんて」

「君と再会したときにやめたんだ。今はこのとおり、母の喫茶店を手伝ってる。ちょっとかっこ悪いけど」

「そんなことない」

やや大きめの口もとに白い歯がこぼれた。年甲斐《としがい》もなく胸がときめき、そのことにうろたえる。

「市立病院に看護師として復帰することになったの。復帰祝いにおいしい紅茶を入れてくれる？」

「もちろん」

俺はたぶん少しぎこちない動きで、理恵をいちばん日当たりのよい席へ案内した。薔薇の栽培は続けるのか、訊いていいものか迷う。

水を取りに行きかけて、ふいに思い出した。さっきの中年の警察官、狩野。その名前を聞いたのは、拘置所にいたときだ。

「落としの狩野」と呼ばれる刑事がいた。そいつの取り調べからは、誰も逃げられなかった。しかしあるとき、行きすぎた取り調べのせいで被疑者が自殺し、狩野は刑事を辞めたという――。

店の入り口を振り返ったが、警察官たちの後ろ姿はとうに消え、やわらかな光が無人の空間を暖めているばかりだった。

狩野雷太《らいた》。

記憶を探るまでもなくフルネームが浮かんできた。

人を殺した元刑事の名前。

「……まさかな」

俺は首を振り、カウンターのほうへと足を踏み出した。

見知らぬ親友

煙草の煙で白くかすんだ店内に、どっと笑い声がはじけた。ぼんやりしていたわたしは、その理由がわからないまま、急いで笑顔を作った。

「あー、美穂《みほ》ちゃん、聞いてなかったのにおかしいふりしたでしょ。あのね、今……」

隣に座った夏希《なつき》が目ざとく気づき、屈託のない大きな声で説明する。わたしは気まずくなって、手に取ったコップに視線を落とす。なんでわざわざそんなこと指摘するの。

愛想笑いを浮かべた頰が引きつりそうになる。

飲料メーカーのロゴが入ったコップは傷だらけだ。壁の換気扇には油の汚れが染みついているし、エアコンはうんうんうなってがんばっているわりに冷たい風を送り出せない。居酒屋〈ちどり〉は、四十年以上も前から神倉美術大学——通称カンビの裏門前で営業を続ける、カンビ生御用達《ごようたし》の店だ。カンビ生の飲み会といえばここだから、今日みたいに複数の科やクラスの飲み会が重なり、合同の大宴会になることも珍しくない。ちょっとお節介なおばちゃんが営む店は、いつだって肩の力が抜けて居心地がよかった。

三年生になり、夏希に食いつかれるまでは。

「美穂ちゃん、どうしたの、元気ないよ」

斜向《はすむ》かいから明るい声が飛んできて、わたしははっと顔を上げた。彫刻科の梨本《なしもと》くん。

小柄で童顔で、かわいいという形容詞がしっくりくる。初めて何かの飲み会で見かけたときは後輩かと思っていたけど、同じ三年生だった。夏希とは美大受験専門の予備校で三年間一緒だったという。

その縁で話をするようになり、こうして名前も覚えられているけど、そうでなければ関わることはなかったろう。わたしは版画科だし、何よりタイプが違いすぎる。輪の中心で笑い声を響かせている彼と、輪の端っこにちんまり座っているわたし。同じような作業用のつなぎを着ていても、梨本くんのほうはおしゃれに見える。

半袖《はんそで》から伸びるしなやかな腕を、頭のなかに線で描いた。この腕が、あの彫刻を生み出すのだ。今年の春、彫刻科の学内展示で見た梨本くんの作品を、わたしはひと目で好きになった。ありふれた胸像だったけど、他にはない爽やかさが感じられた。開けっぴろげで裏表のない彼の笑顔に通じるものがあった。

「そんなことないよ、ちょっと酔ってきただけ。ありがとう」

わたしは少しコップを上げて、化粧っ気のない地味な顔にできるだけ明るい笑みを浮かべてみせる。あの胸像を作った人はどんな女の子が好みなんだろうと、表情を探りながら。学内でたまに見かける元カノは、髪をドット模様に染めているような人だけど、わたしにはとても真似できないし、したいとも思わない。似合わないとわかっているだけでなく、芸術の世界に身を置く者として自分のセンスには忠実でいたい。

だけど今のわたしは、不本意な姿を梨本くんの目にさらしている。顔を丸出しにしたポニーテールと、つなぎの胸もとに下げたアメジストのネックレス。どちらも夏希のアドバイスでそうしたものだ。

昔から丸顔がコンプレックスで、サイドの髪は必ず垂らして輪郭を隠してきた。夏希はそれを知っていて、この髪型を薦めた。気になるところは出したほうがかえっていいって言うよ。ほら、やっぱりかわいい。

ネックレスは夏希が親に買ってもらったもので、アメジストは彼女の誕生石だ。それをわたしの胸もとに当て、夏希は目を輝かせた。わあ、似合う。わたしが着けるよりきれいに見えるよ。これ、美穂ちゃんにあげる。気にしないで、そんなに高いものじゃないし、そのほうがネックレスも喜ぶから。

わたしと夏希は専攻は別だけど、同い年で、細長い体形もよく似ていて、姉妹のようだと言われることもある。でも、ふたりの家庭環境は、特に経済的な面で大きく違う。

わたしが美大へ行きたいと言ったとき、自営業の両親は反対した。美大は一般の大学より学費がかかる上に、就職に直結しにくくつぶしがきかないからだ。奨学金を受け、生活費はバイトで賄うという条件で、どうにか説得した。予備校には高二になってからやっと通わせてもらえたものの、その費用も就職したら返す約束だ。

一方、父親が県会議員だという夏希は、美大進学のために手厚いバックアップを受けてきた。神奈川ナンバーワンの予備校に高一の春から通い、帰りは母親が車で迎えに来てくれて、もちろん費用を請求されるなんてことはなかった。今だって欲しい画材を手に入れるために、あくせくバイトをする必要はない。美穂ちゃんはしっかりしてですごいね、と出会ったころの夏希はよく言ったものだ。

そんな違いが外見にも強く表れていると、わたし自身は思っている。お嬢さまらしいおっとりした雰囲気、無邪気な明るさが、春の光みたいにふんわりと夏希を包んでいる。仮にわたしが彼女そっくりに整形したとしても、違いは一目瞭然《りょうぜん》だろう。

梨本くんとはほとんど話せないまま、飲み会はお開きになった。わたしと夏希は連れ立って、ふたりで暮らすマンションへと歩きだす。この春に夏希が借りて、物騒だから一緒に住んでとわたしに頼んできたのだった。こっちがお願いして住んでもらうんだから、家賃なんかいらないよ。うちの両親も美穂ちゃんがいてくれたら安心だって喜んでるし。わたし、家事ってあんまりやったことないから、迷惑かけちゃうかもしれないけど。

みんなと別れてしばらくしてから、夏希が「ねえ」と構えたような声を出した。

「美穂ちゃんってもしかして、梨本くんのこと好きなの？」

とっさに返事ができなかったのは、夏希が眉《まゆ》をひそめていたからだ。前から薄々感じていたことだけど、夏希は梨本くんがあんまり好きじゃないらしい。警戒心が働いて背中が硬くなる。

「なんで」

「なんとなく、そうかなあって」

「違うよ、夏希の勘違い」

「ならいいけど……もしそうなら、やめたほうがいいと思って。あの人は美穂ちゃんには合わないよ。身長だって美穂ちゃんのほうが高いくらいじゃない？」

夏希は憂鬱《ゆううつ》そうに息をつき、それからぱっと笑顔になった。

「そうだ、羽瀬倉《はせくら》くんなんてどうかな。さっきの飲み会で美穂ちゃんも話してたよね」

「飲み物、回してもらっただけだよ」

羽瀬倉恭《きょう》はカンビ生じゃないけど、お父さんがカンビの教授で、学内に友達も多いというので、ときどき展示などを見に来て飲み会にも顔を出している。クールな印象の眼鏡男子で、梨本くんとは全然タイプが違う。

わたしは汗を拭《ぬぐ》うふりで、うまく笑えない顔を隠す。

ほんの五分でマンションに着いた。オートロックの入り口を通り、エレベーターで十三階まで昇る。まだ新しい広々とした2LDKの部屋に入るなり、夏希は「クーラー、クーラー」とリモコンを求めて手を泳がせた。わたしのほうが先に手に取りスイッチを押す。快適な冷気がたちまち部屋を満たしていくけど、わたしの体はじっとりと濡《ぬ》れて重いままだ。

「今日はもうシャワーでいいかな。汗流したら、ふたりでちょっと飲み直さない？」

わたしはお湯に浸《つ》かりたい。お酒はもういい。

「前に作ってくれたおつまみ、また食べたいな。カマンベールチーズのあれ。美穂ちゃんってお料理もできてすごいよね」

今から料理なんて面倒ください。

「あっ、モンステラの土が乾いてる。わたしってなんでこうなんだろ、水やりもちゃんとできないなんて。これでゴムの木も買いたいって言ったら、バカだと思う？」

うん、思うよ、甘ったれのバカお嬢さま。

心の声をすべて呑《の》み込み、無理に口角を上げる。アドバイスであれ頼みであれ提案であれ、夏希の言葉に逆らうことはできない。

横浜の路地裏でばったり夏希に出会ってしまった、あの日から。

わたしはバイト先のピンクサロンから出てきたところだった。生活費に加えて画材の購入費用を稼ぐのは想像以上に大変で、さらにいずれは卒業制作の材料費も捻出《ねんしゅつ》しなければならず、かといって課題や制作にかける時間は削りたくないので、効率を考えたらそういうことになった。梨本くんの作った胸像の爽やかさにあれほど惹《ひ》かれたのは、この仕事のせいもあったかもしれない。夏希のほうは食事でもした帰りにうっかり路地へ迷い込んだのだろう、よそいきの服を着て、お父さんからのプレゼントだというブランドもののバッグを提げていた。

わたしよりも夏希のほうがうろたえていた。少なくとも表面的には。どこに立ったらいいかわからないみたいに足踏みをして、落ち着きなく視線を泳がせ、口を開けて何か言おうと試みた。でも意味のある言葉はなかなか出なくて、ようやく出たのは、たったひとことだけだった。

——誰にも言わないから。

夏希が逃げるように去ってしまうまで、わたしはその場に立ちつくした。知られたというショックで、頭が真っ白になっていた。

三年生に進級する前の春休みのできごとだ。それからほどなくして夏希は今のマンションを借り、同居するようわたしに求めた。わたしはありがとうと答えるしかなかった。

あとになって思い出してみれば、あの路地から立ち去るとき、夏希は笑っていたような気がする。自覚はなかったかもしれない。一瞬だったし、近くのスナックの明かりでぼんやり見えただけだ。だけど、そう、確かに夏希は笑っていた。

誰にも言わないから。あのひとことで、夏希はわたしを支配している。

夏希が買ったグラスで夏希が買ったワインを一杯ずつ飲んだところで、夏希は時計に目をやり、ふにゃふにゃとソファに身を沈めた。

「あー、もうこんな時間。明日の一限は休めないのに、起きられる自信ないよう」

「起こしてあげる」

夏希の意を汲《く》み、先まわりして望む答えを用意する自分に、嫌悪感が込み上げた。チーズのこびりついた皿をシンクへ運び、力任せにこすり始める。

この感じでは、たぶん今夜も睡眠薬に頼ることになるだろう。疲れているのに神経がささくれて眠れない夜が続いている。不眠症だという友達に原因を隠して相談したところ、睡眠薬を定期的にこっそり分けてくれるようになった。

「ごめんね、頼ってばっかりで。でも実を言うと、スマホの目覚ましで起こされるより、美穂ちゃんの声で起こしてもらうほうが、なんかうれしい」

おやすみなさい、と夏希は安心しきった声で告げた。これで明日から毎朝わたしが彼女を起こすと、確信しているのだ。

おやすみ、と返したわたしの声は愛想よく弾んでいる。けれども下を向いたわたしの顔は、能面のように凍っている。


わたしは奴隷のまま、夏を耐え、秋を耐え、冬を耐えた。やはり奴隷のまま四年生になり、卒業制作に取りかかる時期を迎えた。展示は来年の一月だけど、夏休み前ごろからそろそろ準備を始めなければならない。

気だるい暑気に覆われた学食のテラス席で、夏希と、もうひとり仲のいい一沙《かずさ》と、久しぶりに三人でランチを食べた。専攻は三人ばらばらだけど、一年生のときに新歓コンパで仲よくなって以来、よく一緒に行動している。

「あー、卒制のテーマどうしよう」

わたしが作ったサンドイッチをもそもそと口に運びながら、夏希がしょんぼりと肩を落とした。このところ夏希は同じことばかり言っている。

「なんとなく表現したいものはあるんだけど、はっきり固まらないっていうか。美穂ちゃんなんかもうとっくに決まってるのに」

「まだの人もたくさんいるよ。早く決めればいいってものじゃないし」

こうやって励ますのも何度目だろう。口先だけの付き合いもうまくなったもので、今では表情も上手に操れる。

卒業までの辛抱だ。卒業したら、わたしたちは別々の企業に就職する。わたしは夏希から解放される。

大手文具メーカーのデザイン部から内定をもらったときは、喜びのあまり握りしめた電話が砕けるんじゃないかと思った。わたしには純粋に美術で食べていけるほどの力はない。悔しいけど、カンビに来て痛感させられた。それでも美術に関わる仕事がしたかったから、専門外の商工業デザインを猛勉強したし、就職に有利になりそうなコンクールや展示会に精力的に参加した。その努力が認められたのだ。夏希が父親の知り合いのデザイン事務所に入ると聞いて、喜びはさらに増した。要するにコネ入社だし、わたしの就職先のほうがランクが上だ。

「一沙ちゃんはもう決まった？」

夏希が訊《き》くと、一沙はオムカレーの皿から顔を上げ、一重まぶたに半ば覆われた目をしばたたいた。

「何が」

「もう、また聞いてなかったんだ。卒制のテーマだよ」

テーマ、とぼんやり繰り返して、一沙はゆっくり首を傾げた。雑にひとつにくった髪がばらばらとこぼれ、カレーに浸かりそうになる。浸かったところで一沙はべつに気にしないだろう。汚れ放題のつなぎは、いつ洗濯したものやらわからない。

「まだ決まってないと思う。でも、本当はずっと前から決まってる」

まるで謎かけだ。にへらっと弛緩した笑みを浮かべた表情も手伝って、学内での彼女の認識は「不思議ちゃん」もしくは「珍獣」。

青白く見えるほど白い肌と、骨の形を想像でなぞれるほど細い体が、生身の女ではないような印象を与える。よく観察すれば、小柄なのに腕だけがいやに長いことに気づく。作り手の失敗で、あるいは作意で、バランスが崩れた像のように。

夏希が一沙語の解読を試みる。

「一沙ちゃんのなかでは決まってるけど、指導教員がだめって言ってるってこと？　羽瀬倉先生でしょ？」

油絵科の教授、羽瀬倉幹雄《みきお》。いつか夏希がわたしに推《すす》めた羽瀬倉恭くんのお父さん。わたしはじかに関わったことはないけど、油絵の他に彫刻もやり、両方で高い評価を得ている。センセイの作品もセンセイも大好き、と一沙は入学当初から公言していた。

羽瀬倉先生が話題に出たとたん、一沙の顔が輝いた。

「今日のセンセイ、サヤエンドウみたいなんだよ」

ファッションの話だ。たぶん帽子から靴まで緑色で統一しているということ。一沙が心酔するだけあって、先生のほうもなかなかの変わり者らしかった。

「それで今日は赤紫なんだね」

わたしは一沙のヘアゴムを指さした。赤紫は緑の補色だ。一沙は色相環に表される十二色のヘアゴムを常に持ち歩いていて、羽瀬倉先生の服装に合わせて替えている。ペアルックみたいな感覚なのかなと思うけど、一沙の考えることはいつもよくわからない。

一沙はわたしが初めて出会った同世代の天才だった。輝かしい賞歴を引き合いに出すまでもなく、作品を見ればたちどころにわかる。わたしとは、いや、わたしたちの誰とも、持っているものがまるで違う。一枚の油絵が、その特別な世界が、わたしを打ちのめした。彼女を知って、わたしは純粋に美術で食べていく道を諦《あきら》めたのだ。

わたしはアイスコーヒーをぐいぐい飲んだ。胸の中を滑り落ちていく冷たさが、そこにある何かを麻痺《まひ》させてくれる。かすかな痛みや、それに似たいくつもの感情を。

「一沙ちゃんの卒制、きっとすごいだろうな。最優秀賞の大本命だって、みんな今から言ってるよ」

夏希のこういう態度は、いつもわたしをいらいらさせる。心からすごいと思ってます、嫉妬《しっと》なんてみじんも感じてません、という態度。笑顔が無邪気に見えれば見えるほど、邪悪だと思う。

一沙はぴんとこない様子だった。賞うんぬんには興味がないのだ。

「そんなことより、今は生まれてくる子がただ楽しみ」

「生まれてくる子？」

「わたしとセンセイの愛の結晶」

わたしは思わず夏希と顔を見合わせた。まさかそのままの意味ではないだろう。一沙は羽瀬倉先生をとても慕っているけど、恋愛感情があるのかどうかはわからない。というより、そんな普通の感情が一沙に備わっているとは思えない。それに先生のほうの気持ちもある。妻子持ちであることが歯止めになるかどうかは別として、一沙のおかしな補色アピールが全然効いていないのは、学内では有名な笑い話だ。

「あ、センセイ」

一沙がいきなり手を上げてぶんぶん振った。視線を追うと、全身緑色の羽瀬倉先生が学食から出てきたところだった。ひょろ長くて薄っぺらい体形のせいで、まさにサヤエンドウだ。

「ああ、一沙くん」

優しげな声だった。声にぴったりの微笑をたたえて、教授はわたしたちのテーブルに近づいてきた。五十歳くらいのはずだ。うちのお父さんに比べて、しわが少なくて白髪が多い。脂気がなく、全体にさらっとした印象を受ける。

「テラス席で暑くないんですか？」

「こうやって木陰になってれば大丈夫」

「ああ、これはいい木陰ですね。テーブルに落ちた模様がとてもいい」

「でしょ。センセイならわかってくれると思った」

敬語とタメ口が逆転したやりとりを、わたしはなんとなく落ち着かない気分で聞いていた。まさかとは思うが、視線が一沙のおなかに吸い寄せられる。

「渡辺《わたなべ》美穂くんでしたね」

名前を呼ばれ、驚いて羽瀬倉先生を見上げた。眼鏡の奥の目が透きとおるように澄んでいて、ああこの人もきっと天才なんだと根拠もなく思った。

「先日、君の版画を見ました。温度が感じられるいい作品でしたね」

「あ……ありがとうございます」

顔が熱くなり、声が上ずった。褒められた。あの一沙が尊敬する人に。体が震えそうになる。よかったね、とほほえむ夏希の声も遠い。

「わたし、センセイと一緒に行くね」

一沙が立ち上がった。食器は片付けといてあげる、と夏希が言ったようだ。去っていくふたりの後ろ姿を、わたしは夢心地で見送った。

「よかったね」

もう一度、夏希が言った。その声がわたしを現実に引き戻した。無邪気で邪悪な笑み。ちょっと褒められたからって天才の仲間入りでもしたつもり、と目が語っている。

羞恥《しゅうち》と怒りで体がかっと熱くなった。わたしが何も言えないのをわかっている夏希は、サンドイッチを手に取り、口には運ばずに空を仰いだ。

「今さらだけど、一沙ちゃんってわたしたちとはやっぱり違うよねえ。子どもって何だろ。あの子の目には世界がどんなふうに見えてるのかな」

一沙が妊娠しているとは、夏希も思っていないらしい。一沙の行動を冷静に振り返れば、そんな可能性はまずないとわかる。

「妄想って言ったら言葉が悪いけど、普通の人には見えないものが見えるんだろうな。その代わり、普通の人には見えるものが見えないこともある。現実とかね。就職って何、くらい言いそうだもん、一沙ちゃん」

夏希は少し笑ったが、わたしは笑わなかった。

「ときどき思うんだ。一沙ちゃんには本当は友達なんていらないんじゃないかって。恋人も家族も、突きつめれば誰も。寂しいけど、正直うらやましいよ。自分だけの世界で生きていけるほどの才能が」

「そう思わない？」

夏希はふっと息をつき、思い出したようにサンドイッチをかじった。

あんたと一緒にしないで。反射的にそう叫びたくなって、わたしは慌ててストローをくわえる。かみつぶしたストローが、口の中でぎちっと音を立てた。

それから三ヶ月以上がたっても、やはり一沙のおなかは少しも大きくならなかった。

一沙がおかしな発言をするのはいつものことなので、わたしも夏希もわざわざ意味を問いただしはしなかったし、すぐに忘れてしまった。

卒業制作が本格的に始まったせいもある。ぐずぐずとテーマを固められずにいた夏希も、十一月にはさすがに決めた。水中の泡を表現するという。

そう聞いたときは、笑顔を作るのに苦労した。わたしの版画のテーマは、水底《みなそこ》から見た風景だ。もちろん水は誰のものでもないし、モチーフとしてはありふれている。それにデザイン科の夏希は、泡に見立てた衣装をまとって何らかのパフォーマンスをするつもりだというから、表現方法もまったく異なる。でも盗まれたという感覚は拭えなかった。

おまけにそれからしばらくして、夏希は制作を手伝ってほしいと言ってきた。スケジュール帳を両手でぎゅっとつかみ、半分泣きながら。

「わたしって本当にグズでバカで、今からじゃきっと間に合わない。デザイン科の仲間に相談しても、みんな自分のことだけで手いっぱいだって。もう美穂ちゃんしか頼れる人がいないの。こんなこと頼んだらだめだってわかってるけど、一回だけ言わせて。わたしの卒業制作を手伝ってください」

これればかりはすぐにうんとは言えなかった。卒業制作は大学四年間の集大成であり、これまでの人生の一種の表現であり、現時点での最高傑作であるべきだ。わたしは九月からすでに作業に入っていたとはいえ、時間が余るということはない。

「それは……」

「ごめん、今のなし！」

夏希はスケジュール帳をぱっと下ろした。

「そんなの無理だよね、わかってる。なしなし、忘れて」

わたしは遮られた言葉の続きを呑み込んだ。ひどく苦い味がした。夏希のいつものやり方だ。脅すのにナイフは使わず、真綿を首に巻きつける。目もとを押さえる動作で、洟《はな》をすする音で、無言の圧力をかける。例のバイトのことは誰にも言わないから、その代わり——。

いいよ、とわたしは答えた。絞り出すように、そう答えるしかなかった。

それ以来、日中は学校で自分の制作をし、夜は家で夏希を手伝っている。家事は相変わらずほとんどわたしの仕事だ。

夏希がしきりにごめんねを連発するのが癪《しゃく》に障る。そんな言葉をいくつ口にしたって夏希は何も失わない。美穂ちゃんがバイトを減らしててくれて助かった、とも夏希は言った。彼女が家賃を負担しているおかげだと暗に言いたかったんだろう。実際、そうでなければ、ピンクサロンをやめてコーヒースタンドのバイトに切り替えるのは不可能だった。自分の恩とわたしの弱みをちらつかせ、どっちが上の立場かわからせておこうというのだ。

バカお嬢さまなんかじゃなかった。夏希は狡猾《こうかつ》な悪魔だ。

だから十一月の最後の夜に、夏希がうっかり口を滑らせたという態《てい》で発した言葉にも、悪賢い計算が潜んでいたに違いない。

夏希の実家から陣中見舞いだとして高級肉が届いたときだった。

「両親が美穂ちゃんにくれぐれもよろしくって。わたしがうんとお世話になってるの知ってるから、ふたりとも美穂ちゃんのことすごく信頼してるんだよね。パパなんて会ったこともないのに、あの子なら安心して推薦できるって」

「……推薦？」

嫌な予感がした。夏希がはっと口を閉じたことで、予感は確信になった。

「わたしの就職、夏希のお父さんの口利きだったの？」

自分で勝ち取ったと思っていた。努力が報われたのだと。純粋に美術で食べていくほどの才能はなくても、わたしなりの夢をわたし自身の力でつかんだはずだった。

「違うよ、そんなんじゃないよ。パパがたまたま社長さんと知り合いで、娘の親友が入社試験を受けるって話しただけ。合格したのは美穂ちゃんの実力だよ」

こんなにしらじらしいフォローがあるだろうか。夏希が焦ったふりで発する甲高い声が、わたしのプライドをずたずたに引き裂く。コネ入社の夏希と同じだったなんて。自由への切符だと思っていたものが、夏希に与えられたものだったなんて。

わたしはマンションを飛び出した。夏希から離れたい一心で走り、気がつけば〈ちどり〉のくすんだ明かりがわたしを招いていた。引き寄せられるように、立て付けの悪い引き戸に手をかける。財布も持っていないのに。長年「カンビ生のお母ちゃん」をやっているおばちゃんが、戸を開けたものの入れずにいるわたしに気づいて、「いいから座んなさい」とカウンターの最奥へ通してくれた。ひどい顔をしていたんだろう。放心状態で、おばちゃんが出してくれたつみれ汁を飲んだ。〈ちどり〉のつみれ汁は具だくさんで、にんじんが花形に切られている。見ていたら、小学校か幼稚園のときにもらった花丸を思い出した。わたしは長い間、お友達のなかでいちばん絵や工作が上手な子だった。そんなことばかりがぼんやりと頭に浮かぶ。

わたしの人生から夏希を追い出してしまいたい。弱みを握られてさえいなければ。あの子さえいなければ。

あの子が死んでくれたら。

自分の考えにぎくりとして、手もとが狂った。傾けすぎたお椀《わん》から大量のつみれ汁が口に押し寄せてきて、激しくむせる。死ねばいいのにと思ったことは何度もあった。でも今の「死んでくれたら」は、それよりも一歩、踏み込んだ気持ちだった。むせたせいで体が熱い。だけど頭の芯《しん》は変に冷たい。

一時間ほどで帰宅したわたしは、泣き腫《は》らした目でおろおろと迎えた夏希に謝った。

「ごめんね、取り乱して」

「ううん、わたしこそごめん。ただ美穂ちゃんが希望の会社に入れればいいなって思ってパパに頼んだんだけど、こんなふうに傷つけることになっちゃって。でも、美穂ちゃんの合格は絶対に美穂ちゃんの実力だから」

「ありがとう」

その後、夏希がお風呂《ふろ》に入っている隙に、彼女のスマホを手に取った。ロックを解除するところを何度も見ているので、暗証番号は知っている。夏希のスマホはわたしのと同じ機種なので、同じアプリがプリインストールされているはずだ。目当てのスケジュールアプリはすぐに見つかった。スケジュールを入力しておけば、当日の指定の時間にホーム画面に表示して通知してくれるというものだ。

アプリを起動し、静かに日付を口にした。

「一月十一日」

卒業制作展の日。

ひとつ呼吸を挟み、その言葉を続ける。

「殺す」

無慈悲な宣告のように、相手が目の前にいるかのように。

音声入力でスケジュールが登録された。夏希は紙のスケジュール帳を使っているから、気づかれることはまずない。

「午前九時に通知」

これで一月十一日の午前九時に、夏希のスマホに「殺す」という文字が現れる。卒業制作展の朝、夏希は突然、殺害予告を目にすることになる。

もちろん本気じゃない。死んでくれと願う気持ちは本気でも、実行に移すわけにはいかない。だからせめて痛い目に遭わせてやりたいだけだ。夏希の卒業制作は当日にパフォーマンスをおこなう形のものだから、激しく動揺していれば失敗するかもしれない。そううまくはいかないかもしれないけど、少なくとも心にダメージを与えることはできる。わたしがされてきたことに比べれば、情けないくらいささやかな復讐《ふくしゅう》だ。

夏希がお風呂から出てくる音がした。わたしは込み上げる笑みを注意深く皮膚の下へしまいこんだ。

「あ、除夜の鐘。ねえ美穂ちゃん、除夜の鐘だよ」

夏希がぱたぱたとスリッパの音を立ててベランダに駆け寄り、引き戸を開けた。レースのカーテンを揺らす程度の風さえない、穏やかな夜。だけど痛いほど冷たい空気が、ひっそりと室内に入り込んでくる。

「今年ももう終わっちゃうんだねえ。美穂ちゃんには本当にお世話になりました」

夏希の卒業制作の準備はクリスマス前に終わっていた。もともと当日のパフォーマンスに重点を置いた作品なので、事前の作業はそれほど多くなかったのだ。開始が遅かったとはいえ、わたしが手伝う必要なんてなかった。夏希はただ、自分の支配力を楽しみたかっただけだ。

「美穂ちゃんちは大晦日《おおみそか》に初詣《はつもうで》に行く派？　うちは毎年、家族そろって……」

自分の作品の仕上げをしていたわたしは、ついに手を止めて立ち上がった。夏希がうっとうしく話しかけてくるのはいつものことだけど、今日は特にうるさい。さっきから、つけっ放しのテレビを切り替えては歌手がどうの芸人がどうのとはしゃいだり、作業をしているわたしのところへココアやお菓子を運んできたり、普段以上にかまってほしがっている。

「美穂ちゃん？」

「年越しそば、食べようか。ラーメンしかないけど」

うざいと怒鳴りつける代わりにほほえんだ。夏希のスマホにしかけた時限爆弾のことを考えると、ほほえむことができるのだった。

とはいえ、この調子で邪魔をされてはかなわない。夏希の分のラーメンに睡眠薬を入れた。夏希のせいでわたしが使う羽目になった睡眠薬を、夏希に使うというのはちょっと愉快だ。

ほどなく夏希は船をこぎ始めた。睡眠薬に慣れないせいか体質か、夏希には効きすぎたらしく、ベッドへ行こうにも足がふらついて歩くのもままならないので、支えて連れていってやった。やっとひとりになったわたしは、テレビを消して好きな音楽をかけて作業に戻った。

未明まで作業をしてから眠りにつき、昼ごろに目覚めると、家の中に夏希の姿がなかった。昨日、初詣がどうとか話していた気がするから、家族とでも出かけたんだろう。思いがけず気持ちのいい新年のスタートだ。夏希の実家から送られてきたおせちがあるけど、手をつけずに、ありあわせの野菜と卵を炒《いた》めてトーストを焼く。

朝昼兼用の食事をすませ、卒業制作に取りかかった。まだ仕上げが残っているけど、ここまでの出来栄えはとても気に入っている。優秀賞くらいなら狙えるんじゃないだろうか。あの羽瀬倉先生だってわたしの版画を褒めてくれたのだ。

電話の着信音に気がついたとき、辺りはすでに薄暗くなっていた。没頭して時間を忘れるのはよくあることだ。着信音がいつから鳴っていたのかも定かじゃない。急いでスマホを手に取ると、表示されているのは知らない番号だった。とりあえず「はい」とだけ言って出てみたけど、相手は何も言わない。元日からイタ電か。切ろうとした瞬間、ささやくような女の声がわたしの名前を呼んだ。

「美穂ちゃん？」

夏希のお母さんだった。夏希はいざというときのためにと、親にわたしの電話番号を教えていたらしい。そして、今がそのときだった。夏希が藤沢《ふじさわ》駅のホームから転落して大けがをしたと、お母さんは疲れきった声で語った。

「電車が来てなかったおかげで命に別状はなかったんだけど、すぐに手術で……。連絡が遅くなってごめんなさいね」

いいえ、と答えるのが精いっぱいだった。心臓がばくばくしている。詳しいことは何も聞けないまま、告げられた入院先を復唱してメモした。

翌日、一沙も誘って病院へ行った。

一沙は大学内のアトリエにこもりきりで卒業制作に没頭しており、会うのは久しぶりだった。少しやつれ、心なしか瞳《ひとみ》がぎらついているのは、制作に熱が入っている証拠だろう。いつもどおり汚れ放題のつなぎにぼさぼさ頭のスタイルで、バッグからは愛用のクロッキー帳がのぞいている。おまけに弛緩した笑みまでいつもどおりとくれば、ここへ来た理由をわかっているのか疑わしく思えてくる。

夏希の病室は集中治療室ではなく、普通の個室だった。いや、普通よりはたぶん上だ。明るく広々とした室内は、壁もドアも照明も暖かみのある色彩でまとめられ、大きなテレビやソファセットがあって、ちょっとしたホテルの一室を思わせる。

ベッドの横についていたお母さんは、わたしたちが名乗りもしないのに、「美穂ちゃんと一沙ちゃんね」とそれぞれの顔を見てほほえんだ。夏希が写真を見せていたか、よく話していたんだろう。

「忙しいでしょうに、わざわざ……」

お母さんは声を詰まらせ目を閉じた。まぶたにぎゅっと力を入れてから、わたしの手もとにやわらかい視線を注ぐ。

「きれいねえ、夏希に持ってきてくれたの？」

わたしは小さな花束を持参していた。お見舞いのマナーも夏希の好きな花もわからないので、花屋さんに用途を伝えて三千円で作ってもらったものだ。

「ありがとう。さっそく飾らせてもらうわね」

「あ、でも」

病室には立派なクリスタルガラスの花瓶があり、それにふさわしい花が活《い》けられている。

「お友達からのお花のほうが夏希は喜ぶわ。ちょっと失礼するわね」

お母さんはわたしの手からそっと花束を取ると、花瓶を抱え、涙で濡れた顔をうつむけて病室を出ていった。その友達が娘の死を願っていたなんて、夢にも思っていないだろう。

わたしは入り口の近くに立ったまま、ベッドに近寄るのをためらっていた。夏希は薬で眠っているようで、仰向けになってぴくりともしない。首が向こうに倒れているせいで顔はよく見えないけど、頭部に巻かれた包帯の白さが、わたしの足をすくませる。

そんなわたしをよそに、一沙はすたすたと近づいていった。ベッドサイドでちょっと足を止め、反対側の枕もとに回り込む。そして、クロッキー帳を広げた。

「ちょっと一沙？」

わたしは驚いてベッドに駆け寄り、はっと息を呑んだ。夏希の顔の向こう半分が、分厚い包帯に覆われていた。顔に傷を負ったのだ。顔に。それも大きな。

立ちつくすわたしの前で、一沙はクロッキー帳に鉛筆を走らせている。傷を負った友達の顔を写し取っていく。

「何してるの……」

声が震えた。一沙は集中していて聞こえないようだ。対象を観察する冷徹な目。かすかな笑みを浮かべる唇。体の傷を見るために布団をめくることだって躊躇《ちゅうちょ》しないだろう。

ぞっとして自分の二の腕をつかんだ。ごわごわした安物のコート越しにも、筋肉が冷たく硬直しているのがわかる。

それが何であれ、どんな状況であれ、心に触れたものは描く。それが芸術家ならば、一沙は間違いなく真の芸術家だ。だけど、異常だ。

そしてわたしは、悲しいくらい普通の人間だった。死んでくれとまで願った相手でも、顔面の大きな傷を思うと胸が痛む。お母さんの涙とほほえみを目の当たりにすると、胸が締めつけられる。クロッキー帳を開くことなんて、とてもできない。

ひとり逃げるように病室を出た。急いでここから離れようとしたとき、すみません、と呼び止められた。どきりとして振り向くと、地味なグレーのスーツを着た男の人が足早に近づいてくるところだった。大股《おおまた》に一歩を踏み出すたび、リノリウムの床に足音が響く。筋肉質で、見るからに力が強そうだ。

「米原《よねはら》夏希さんのお友達ですか」

夏希の身内の人ではないみたいだ。年齢は四十くらいか。短く刈った髪に、きりりとした直線的な眉、鋭い眼光。堅物だと顔に書いてある。ピンクサロンで働いていたころのように職業を想像してみたけど、すぐには思い浮かばなかった。

「そうですけど」

戸惑っているところへ、夏希のお母さんが戻ってきた。両手で持ったクリスタルガラスの花瓶には、わたしが持ってきた花が活けられている。うまく見せているけど、ボリュームがないので寂しい印象は否めない。

「娘のお友達の渡辺美穂さんです。大学の同級生で、夏希と一緒に暮らしてくれてるんです。美穂ちゃん、こちらは神奈川県警の葉桜さん。夫のつてで無理にお願いして、捜査一課の刑事さんに調べていただいてるの」

「刑事さん？」

軽く頭を下げた彼に、わたしは当惑のまなざしを向けた。

「調べてるって……」

お母さんが説明する前に、葉桜が口を開く。

「渡辺さん、あなたに伺いたいんですが、最近、夏希さんの周囲で不審なことはありませんでしたか。あるいは、そのような相談を受けたことは」

「え……あの、どういう意味ですか」

「漠然とした質問で答えにくいでしょうが、ささいなことでもけっこうです」

「そうじゃなくて、どうして刑事さんがそんなことを訊くんですか。それが夏希のけがに関係あるんですか」

答えたのは葉桜ではなくお母さんだった。

「実はね、誰かに突き落とされたのかもしれないんですって」

「えっ？」

葉桜が止めようとしたが、お母さんはかまわず続ける。

「そんなふうに見えたっていう目撃者がいたの。それでホームの防犯カメラを調べたら、転落の直後に現場から立ち去る不審な人物が映ってたらしいわ。フードをかぶってて、男か女かもわからないんだけど。本人は突き落とされてなんかない、朝から頭がぼうっとしててそのせいで落ちたって言うのよ。だけど、スマホに……」

スマホ？　全身にぞわりと鳥肌が立った。

ごめんなさい、とお母さんが涙をすする。強く抱きしめた花瓶の中で、寂しい花が震えている。

「防犯カメラには、夏希がスマホを見てる姿も映ってたの。驚いた様子でいきなり立ち止まって、しばらく食い入るように見てたそうよ。だから周囲の印象にも残ったんでしょうね、スマホの画面が見えたという人がいて、そこには……『殺す』という文字が表示されてたんですって」

「……それ、何時のことですか」

「スマホを見たの？　九時ちょうどだそうよ」

頭を殴られたような衝撃というのは、こういうのを指すんだろうか。夏希のスケジュールアプリに細工をしたのはわたしだ。でも、どうして。わたしが登録した日時は、卒業制作展の朝、一月十一日の九時だったはずだ。

「本人はそれも否定してるの。目撃した人の見間違いだって。スマホは転落の際に壊れてしまって確認はできないんだけど、ねえ美穂ちゃん、あの子は誰かに脅されてたのかしら。親のひいき目かもしれないけど、そこまで人さまから憎まれるような子じゃないと思うのよ」

そうでしょう、と訴えかけてくる視線が心臓に突き刺さる。うまく息ができなくて、自分がどんな顔をしているのか不安でたまらない。

葉桜が再び口を開いた。

「先ほどの質問ですが、どうですか。夏希さんに何か変わったことは」

「……わかりません。なかったと思います」

懸命に声を絞り出した。

「夏希さんを憎んでいるような人物に心当たりは」

「ありません」

こらえきれずに泣きだしたお母さんが何度もうなずく。

「夏希さんは初詣に行くとお母さまに連絡していたそうです。あなたは一緒ではなかったんですね」

「わたしはまだ卒業制作が終わってなかったから。前の晩が遅かったので昼ごろまで寝てて、起きたら夏希はいませんでした」

「誰かと約束しているという話は聞いていませんか」

「いえ。だとしたらデザイン科の子じゃないかと思いますけど、わたしと夏希は専攻が違うので、そっちの交友関係はよく知らないんです」

同じ科で仲のいい友達なら、お母さんに心当たりがあるという。少し意外だった。わたしに対しては、夏希はほとんどそんな話はしなかった。それとも、わたしがまともに聞いていなかったのか。

葉桜はそれで質問を打ち切った。

「ありがとうございました。まだ夏希さん本人と話ができていないので、その後また改めてお話を伺うかもしれません」

いたわりの感じられない、淡々とした口調だった。わたしはかちかちと鳴りそうな奥歯をかみしめ、黙って頭を下げた。

引きとめるお母さんを振り切って飛んで帰り、すぐに自分のスマホを操作する。夏希のものと同じ機種。プリインストールされた同じアプリ。例のスケジュールアプリを起動し、「一月十一日」と音声入力してみる。

思わずうめいた。悪い予想が当たってしまった。

画面に表示された日付は、一月一日。たぶん何らかの不具合で、「十」という音声が認識されていないのだ。

人間なら「ついたち」を「いちにち」とは言わない。だからそんな間違いが起こるなんて思わず、見落としてしまったのだろう。それに、あのときは暗い喜びに酔っていて、冷静ではなかった。

どうしよう。夏希がホームから転落したのはわたしのせいだ。夏希の顔をあんなにしたのはわたしだ。

夏希はスマホに表示された言葉に激しい衝撃を受け、放心状態で人にぶつかって転落したに違いない。そのことを否定しているのは、家族に心配をかけないためか。あるいは、夏希自身が見間違いだと思い込みたいからか。

朝から頭がぼうっとしていたというのも、おそらく前夜にわたしがひそかに飲ませた睡眠薬の影響だ。夏希には効きすぎたようだった。翌朝まで残っていたとしても驚かない。

現場から不審な人物が立ち去ったというけど、それはまったくの無関係か、ぶつかった相手が怖くなって逃げたのだろう。なぜなら、夏希を憎み脅していた人物なんて存在しないのだから。もしそんなのがいたら、わたしに黙っているはずがない。

正直に謝ったら許してもらえるだろうか。逮捕されたり裁判にかけられたりするんだろうか。治療費に慰謝料、マスコミの報道、恐ろしい想像ばかりが浮かんでくる。そんなつもりじゃなかったと訴えても、たとえ罪に問われなかったとしても、世間的には犯罪者だ。きっとみんながわたしを白い目で見る。就職はどうなる。内定は取り消しか。もし入社できたとしても、夏希のお父さんが懇意にしている会社で、針のむしろに座るのか。

何よりも、夏希本人の出方が怖い。ピンクサロンのバイト以上の弱みを握られることになるのだ。わたしに大けがをさせたんだから、と迫られたら、言うことを聞くしかない。一生、夏希に支配される。

誰にも言わないから——夏希の声が聞こえた気がして、両手で耳を覆った。握ったままのスマホががつんと耳を打った。首が勝手に左右に振れる。嫌だ。奴隷はもう嫌。

転がるように自分の部屋へ走り、睡眠薬を全部ごみ箱の奥へ突っ込んだ。でもすぐに不安になり、取り出して旅行バッグのポケットに移した。身の回りのものをめちゃくちゃに詰め込んでマンションを出る。実家に帰ろうと思った。とにかくここから逃げたかった。

途中、特急に乗り換えるときに、大きな駅のごみ箱に睡眠薬を捨てた。さりげなく捨てたつもりだけど、人の目が気になってしかたなかった。びっしょりと汗をかいているにもかかわらずマフラーに口もとまで埋めるようにして、これで大丈夫だと自分に言い聞かせる。

お正月は卒業制作の追い込みだと言ってあったから、突然の帰省に家族は驚いた。わたしは作品が早く完成したのだと嘘をつき、疲れているからと早々に自室に引き取った。

四畳半の和室は、今は物置状態になっている。あまり使われた形跡のないランニングシューズに、通販番組で見たことのあるダイエット食品の箱、壊れているらしいスピーカー。どうにかスペースを確保して布団を敷いたときには、もうへとへとだった。押し入れから出したばかりの少し湿っぽい布団に顔を埋め、声を殺して泣いた。

翌朝、食卓代わりのこたつには、だいぶ中身の減ったおせちと、できたてのお雑煮が並んだ。何ごとにおいてもたいてい大ざっぱなお母さんだけど、そういえば、お雑煮のにんじんは必ず飾り切りにする。

「美穂はお餅《もち》はひとつでよかったのよね。足りなかったらおかわりもあるから」

うんと答えたものの、ひとつでさえ食べきれそうになかった。

「美穂も飲め」

お父さんが一升瓶を持ち上げる。地元の酒造が出している、普段は飲まないちょっといいお酒だ。

「俺はおまえのことを見直したよ。美大なんてと思ってたけど、あんな一流企業のデザイナーになるとは。いや、大したもんだ」

「父さんも母さんも、それ、どこでも言いすぎ」

弟の健介《けんすけ》が、角餅がふたつ入ったお雑煮をすすりながら、小馬鹿にしたようにぼそりと言う。ここ何年かは家族とほとんど口をきかず、朝食の席に顔を見せることなんてなかったけど、今朝は間に合うように起きてきた。

みんな機嫌がいい。わたしは花丸に似たにんじんを口に押し込んだ。やっぱり就職を諦めるわけにはいかない。この人たちを犯罪者の家族にはできない。

五日の夜に神倉へ戻り、六日にはコーヒースタンドのバイトに出た。実家にいる間によく考えてみたけど、わたしがあれをやったという証拠はない。葉桜という刑事もべつにわたしを疑っている様子はなかったし、まずい受け答えもしなかったはずだ。隠し通せる。そのためには、普段どおりに振る舞うことだ。ただし、注意深く。

バイト中にふたりの刑事が訪ねてきたときも、わたしは自分にそう言い聞かせた。不安にざわつく心を抑え、仕事を抜けさせてもらって近くの児童公園に場を移す。天気がよくないせいか子どもの姿はなかった。

「仕事中に悪いね。単刀直入に、米原夏希さんの件だけど、概要は知ってるね」

早乙女《さおとめ》と名乗った中年の刑事が、がらがら声で切り出した。いかつい顔に、がっちりとした体形。耳がつぶれているのは柔道家の特徴だと聞いたことがある。

「はい。お見舞いに行ったとき、夏希のお母さんから聞きました。葉桜さんという刑事さんともお話ししましたけど」

葉桜か、ともうひとりが口を挟む。

「あいつ、怖くなかった？　不機嫌そうに話すでしょ。実際に不機嫌なわけじゃないんだけど、いつもそうなんだよ」

わたしは面食らった。いきなりなれなれしいし、ずいぶん軽薄な感じがする。葉桜や早乙女と違って髪もやや長く、とても警察の人には見えない。ひとことで言うと、チャラいおじさん。若く見えるけど、口ぶりからして葉桜と同じくらいの歳なんだろうか。

「狩野、真面目にやれ」

早乙女ににらまれて、狩野と呼ばれた男は痩《や》せた肩をすくめた。

「はいはい、おとなしくしてますよ。俺は手伝いみたいなもんだし、トメさんに勉強させてもらいます」

早乙女は何か言い返しかけたものの、呑み込んでこちらに目を戻した。

「まずは米原夏希さんとあなたの関係から聞かせてくれる？」

「大学の同級生で、同居人です」

仲よくなったきっかけから同居生活の役割分担まで、いちいち説明させられながら、わたしは自分の言葉に神経を尖《とが》らせていた。本当の関係を気取られてはいけない。奴隷には支配者を憎む動機がある。

「それほど親しい友達なら、交友関係だってよく知ってるだろう。いくら専攻が違うと言ったって」

「葉桜さんにも言いましたけど、本当によく知らないんです。わたしともうひとり、一沙という子と親しかったことくらいしか」

「吉田《よしだ》一沙だな。神倉美術大学油絵科の四年生」

もう調べはついているのだ。逃げられないぞ、観念しろと脅されているようで怯《ひる》みそうになる。

狩野がまた口を挟んだ。

「一沙ちゃんにもこれから話を聞きに行くよ。芸術家ってのは気まぐれで困るねえ。大学内のアトリエにこもりきりだって聞いてたのに、行ってみたらいないし、今日まで全然つかまらなくて。君にしたって、帰省はしないはずだって友達は言ってたのに」

どきりとした。わたしのことを大学で聞いてまわったのか。まさか疑われている？

狩野の表情に答えがないかと探すけど、へらへらと笑っているだけで何も読み取れない。

「急に帰りたくなったんです。夏希があんなことになって、あの部屋にひとりでいたくなかったから」

少し早口になってしまったかもしれない。風が落ち葉を巻き上げる音がいやに耳につく。

そりゃそうだよね、と狩野は気の毒そうな顔でうなずいた。

「それじゃあ男関係は？」

再び質問者が早乙女に代わった。揺さぶられて少し混乱する。

「男？」

「夏希さんに恋人はいなかった？　好きな男とか、言い寄ってくる男とか、女子大生なんだからひとりくらいいるだろう」

「そういう人はいなかったと思います。少なくとも大学に入ってからは。わたしに言ってないだけかもしれませんけど。連絡先を訊かれたり食事に誘われたりすることがあっても、極力、断ってたみたいで」

「それはなんで」

たぶん夏希はわたしといたかったのだと思う。恋人よりも親友を欲しがる女の子は珍しくない。でもそれはわたしの推測にすぎないし、この人たちにはどうせ理解できないだろう。

「聞いてません。今どきそんな大学生がいるのかね」

「勉強や制作に集中したかったのかも」

早乙女は不満げに鼻をうごめかした。

「じゃ、夏希さんに悪意を抱きそうな人物に心当たりは？」

わたしは焦点を少しずらして、滑り台の下にたまった落ち葉を見ながら答える。

「ありません」

早乙女はため息をつき、大きな頭をがしがしとかいた。ちらりと狩野に目をやったけど、彼は両手をポケットに突っ込んで寒そうにしているだけだ。

「最後に、一月一日のあなたの行動を教えて」

わたしはありのままを話した。ずっと部屋にひとりでいたから証明はできないけど、それが事実だ。わたしは何もしていない。一月一日には。

夜七時にバイトを終えたわたしは、その足で学校へ向かった。銀杏《いちょう》並木の通路を足早に抜け、キャンパスの外れにぽつんと建つアトリエを目指す。

複数のアトリエがある工房棟とは独立していて、老朽化で基本的には使われなくなった建物だけど、とにかく広いしひとりきりで作業できるので、あんな震災があったあとでさえ、使用したいという学生はあとを絶たない。今年、その権利を勝ち取ったのが一沙だった。アトリエの使用時間などまるきり無視して、ほとんど住んでいるという。制作のためとなればたいていのことは黙認してくれるのが、この大学のいいところだ。

アトリエは雑木林のなかに埋もれているようなものだった。最も近い建物である図書館とも三百メートルは離れていて、しかもその裏手に当たる。反対側にはもっと離れたところにグラウンドやテニスコートがあるだけだ。ときおり樫《かし》の木がざわざわと葉を揺らす他には、何の音も聞こえない。アトリエからぼんやりと漏れる光は、濃い闇を払うにはあまりに頼りない。

そんな場所で、一沙はひとり筆を握っていた。アトリエに足を踏み入れた瞬間、わたしは動けなくなった。こちらに背を向けた一沙が向き合っているのは、一辺が三メートル以上あるキャンバスだ。炎だろうか。それとも波？　渦？　大きな画面いっぱいに、のたうちまわる色。圧倒的なグロテスク。見つめていると息苦しくなってくる。その両脇の壁にも、同じサイズの抽象画が立てかけてあった。色彩は異なるけど、圧力は変わらない。呑み込まれ、押しつぶされる。体も心も色に浸食される。

「あれ、美穂？」

　ふと一沙が振り返った。わたしは絵に目を奪われたまま、「声をかけても返事がなかったから」というようなことを答えたと思う。

「すさまじいね……」

　震える自分の体を抱いた。総毛立って、肌がちりちりする。一沙の作品にはいつも心を揺さぶられるけど、これほどの情念を感じたのは初めてだ。

　一沙は絵の具で汚れた顔に、子どものような笑みを浮かべた。

「でしょ。まだ誰にも見せてないんだけど、完成したら最高傑作になるよ」

　どこが未完成なのか、わたしにはわからなかった。わたしにもこんな作品が作れたなら。わたしにこの才能があったなら。かつての渇望を手のなかに握りつぶし、キャンバスから視線を引き剝がす。

「完成、楽しみにしてる。ところで今日、刑事さんと会った？」

「刑事さん？　ああ、あの人たち。うん、来たよ。そっか、あの人たちもこの絵を見たんだっけ。わたしのクロッキー帳も見ていったよ。美穂も見る？」

「いいよ。で、どんな話をしたの」

　ええと、と一沙は顔を天井に向けた。照明を浴びて、青白い肌がますます白く透きとおるように見える。

「学食のメニューだったらオムカレーがおすすめで、ラーメンは絶対やめとけって」

「そういうことじゃなくて。夏希の件についてだよ、決まってるでしょ」

「話してない？」

「ああ、そういえば訊かれたね。でも、そのことは話してないよ」

「話さなきゃいけないもんなの？」

本当に不思議そうに問われたので、わたしは言葉に詰まった。一沙はきょとんとした目でこちらを見ている。かと思うと、いつの間にか観察する目つきになっているから、ついていけない。

「だって警察の捜査だよ。それも夏希のための」

「夏希がそう望んだの？」

わたしはまた言葉に詰まった。あれ以来、お見舞いには行ってない。夏希からの連絡もないのは、できるような状態じゃないんだろう。葉桜が夏希本人に話を聞くと言っていたから、話ができるわずかな時間は警察に提供されているのかもしれない。

当然のこととして警察の質問に応じたわたしのほうが、一沙にとっては不思議なようだった。純粋な疑問を乗せたまなざしが痛くて、わたしは目を逸《そ》らした。凡人だ。思考回路からしてわたしは凡人なのだと、つくづく思い知らされる。

「ここ数日、アトリエにいなかったらしいけど、どこ行ってたの」

「妹が遊びに来てたから、秋葉原《あきはばら》とかに付き合ってた」

訊くんじゃなかったと後悔した。友達があんな状態でも、卒業制作が未完成でも、一沙の精神には何の影響もない。この異常者め！　顔を歪《ゆが》めて叫びだしそうなわたしを、一三枚の絵が三方から見下ろしている。

落ち着け、と懸命に自分をなだめた。一沙は夏希の件に関して、わたしの不利になることは何もしゃべっていない。それがわかればいい。

早々にアトリエを出て、銀杏並木の通路を駆け戻った。裸の銀杏が暗い空に向かって、むなしく手を伸ばしていた。


葉桜と狩野がマンションを訪ねてきたのは、卒業制作展の前々日の朝だった。事前に連絡は受けていて、拒否するのもおかしいので承諾したけど、本音を言えば二度と見たくない顔だった。

リビングに通し、ティーバッグの紅茶を入れる。わたしは被害者の親友なんだから、刑事に対しては好意的であるべきだろう。

運んでいくと、狩野は座りもせず、額に入れて壁に立てかけたわたしの版画を眺めていた。卒業制作展に出す作品で、縦九百ミリ、横千二百ミリのものが一点と、三百ミリ四方のものが三点。素材はすべて和紙だ。

「版画ってよく知らないけど、みごとなもんだねえ。タイトルは?」

こちらを振り向いて愛想よく尋ねる。やっぱりチャラいおじさんだ。動作も表情も口調も何もかもチャラい。

「『水底からの眺め』です」

「へえ。これを作るために、君はがんばってきたわけだ。あんなバイトまでして」

わたしは凍りついた。ピンクサロンのことを言っているのは明らかだ。

「……わたしのこと、調べたんですか」

「それも俺たちの仕事なんだわ。警察ってやらしいんだよ。特に俺たち捜一は」

下卑た笑顔を見せる狩野を、幾何学模様のラグに座った葉桜が下からにらむ。でも狩野は意に介するふうもない。

「偉いねえ。生活費も材料費も自分で稼いでたんだって？　そうやって歯ぁ食いしばってがんばってる子、好きだよ。それで夏希ちゃんも君を応援したくなったんだろうね。家賃全額負担なんてありかって思ってたけど、そのこと知ってたなら納得だわ」

わたしは紅茶のトレイを乱暴にローテーブルに置いた。夏希が買ったカップががちゃんと音を立てた。

「何が言いたいんですか」

「いい友達だね、彼女。でも、俺だったら嫌だな。自分の秘密を握ってる相手と一緒に暮らすなんて。しかも向こうは、自分とは正反対の苦労知らずのお嬢さま。そのへん、どうなの」

「べつに」

「べつにってことないでしょ。美穂ちゃん、友達に愚痴ったことあるじゃない。夏希といるのは正直きついってさあ」

「そんなこと……」

「版画科のグループ制作で徹夜したとき、そのメンバーで〈ちどり〉に飲みに行って。覚えてない？　橘《たちばな》くんたちと」

橘くんの名前に、顔がこわばったのがわかった。わたしに睡眠薬を分けてくれているのが橘くんだ。その飲み会のときにどの程度のことを話したのかは覚えていない。でも警察は、わたしが夏希に悪感情を抱いていたのではないかと考えているらしい。わたしには動機があるのではないかと。

狩野がにいっと目を細めた。

「俺、がんばってる子も好きだけど、嘘つきな子も大好きなんだよね。めちゃくちゃ相性がいいんだわ」

嘘つき呼ばわりを咎《とが》めたのか、狩野、と葉桜が低い声を出す。狩野は肩をすくめて腰を下ろし、「まあ美穂ちゃんも座んなよ」と自分がこの家のあるじであるかのように勧めた。わたしは黙って普段することのない正座をし、腿《もも》の上で固く手を握った。

「楽にして聞いてくれたらいいのに。けっこう長いよ」

そう言う狩野はリラックスした様子で、ひとり紅茶に口をつける。カップを持つ指がいやに長く、バランスが取れていない感じがする。

「さてと。防犯カメラに現場から立ち去る不審な人物が映ってたって話は聞いてるよね。フードをかぶってて男か女かもわからないんだけど、痩せ形で身長は百六十五センチ前後。美穂ちゃんの身長は？」

　わたしはちょっと息を呑んだ。

「どうしてですか」

「何センチ」

「……百六十四ですけど」

　こうあからさまに疑われると、それは自分ではないとわかっていても怯んでしまう。

　葉桜が手帳に何か書きつける。夏希は否定していたはずだけど、警察はやはり彼女が何者かに突き落とされたものと考えているらしい。

「一月一日、夏希ちゃんはある人物と初詣に行く約束をして待ち合わせをしてた。その相手によると、約束をしたのは前日の三十一日の夕方だそうだ。スマホでやりとりをしたメッセージも確認できた。夏希ちゃんはそのことを誰にも話してなくて、知ってたのは相手の周囲の数人だけだ」

　相手が誰なのか明かしてはくれないようだ。夏希の交友関係に興味はないけど、目隠しをされているようで不安が募る。

「つまり、あの日あの時間に夏希ちゃんがホームにいることを予測できた人間は限られてる。そのなかで犯行時刻にアリバイがなかったのはふたり。ひとりは約束した当人で、待ち合わせをしてたら、夏希ちゃんがどの電車に乗ってきて、何時に藤沢駅で乗り換えるのか、だいたい見当がつくよね。その人物の身長は百六十五センチで、防犯カメラの映像とも一致する」

狩野はそこで少し言葉を切り、にやにやと意味ありげにわたしを見つめた。

「そしてもうひとりは、美穂ちゃん、君だ」

わたしはぎょっと目をむいた。

「わたしは夏希の予定なんて知りませんでした」

「どうかなあ。君の言葉を証明する方法はないから」

「夏希は何て言ってるんですか」

「美穂ちゃんにも話してないと言ってるけどね。でも同居してる君なら、スマホを盗み見ることだってできたわけだし」

反論しようと口を開いたものの、唇がわななくばかりで言葉が出ない。

狩野は芝居がかった動作で、ぽんと手を打ち鳴らした。その音にわたしの肩が跳ねるのを、おもしろがっているようだ。

「スマホといえば、夏希ちゃんのスマホに『殺す』っていう言葉が表示されたのは、スケジュールアプリの通知機能によるものだとわかったよ。夏希ちゃんが藤沢駅のホームにいるだろう日時に通知されるよう設定されてたんだ。三十八のおじさんにはよくわかんないけどさ。もちろん本人がやるはずないよね」

喉《のど》が空気を求めて震える。夏希のスマホは壊れたというから、わかりっこないと高をくくっていた。いや、そう思い込みたかった。

「三十一日の夕方から一日の朝に出かけるまでの間、夏希ちゃんはマンションから出てないことが、入り口の防犯カメラで確認されてる。翌日の予定が決まって以降、彼女のスマホはずっと家にあったってことだ。すると、そのスマホに触ることができたのは誰でしょう」

「同居してるわたしだけ。はっきりそう言ったらいいじゃないですか！」

わざとらしい疑問形に、わたしはたまらず金切り声をあげた。

軽くのけぞるようなポーズをしてみせる狩野は、やはりわたしをいたぶって楽しんでいるとしか思えない。

「君なら夏希ちゃんのスマホの暗証番号を知っててもおかしくないよね。本人がロック解除するのを見る機会はいくらでもあっただろうから」

夏希がホームにいるタイミングを狙ってスケジュールを入力できたのは、わたしだけ。警察はそう考えているのだ。確かにそうだ。でもそうじゃない。入力したのはもっと前だし、ホームから転落させようなんて考えてはいなかった。あんなけがをさせる気なんて全然なかった。

「犯行予告のつもりだったの？　それとも、突き落とす前に怖がらせてやろうと思った？　あ、動揺を誘って突き落とす隙を作ろうとしたとか。まあ、本人が通知に気づかなきゃ意味ないけどさ」

「そんなことしてません！」

「夏希ちゃんは朝から頭がぼうっとしてたって話だったよね。血液を調べたところ、睡眠導入剤の成分が検出されたんだ。美穂ちゃんと同じ学科の橘くん、君が前に、夏希といるのは正直きついって漏らした橘くんね、あの彼が使ってる睡眠導入剤と同じ成分だ。君はそれを定期的に分けてもらってるんだって？」

畳みかけられ、言葉が出なくなってただ頭《かぶり》を振る。

マンションのどこかの家でドアが開いて閉まる音がした。急に夏希の部屋が強く意識された。元旦《がんたん》からずっと閉めきったままの部屋には、夏希の卒業制作の衣装が置き去りにされている。トルソーに着せてリビングに置いてあったのを、わたしが移動させたのだ。夏希がそれを着て立っているようで、視界にあることに耐えられなくて。

「スケジュールアプリの件で、夏希ちゃんはそれをやれるのが美穂ちゃんだけだってことに気づいたんじゃないかな。そこで君を庇《かば》おうとして、『殺す』って文字が表示されたこと自体を否定した。また突き落としたのも美穂ちゃんだと思って、突き落とされたことも否定した。防犯カメラの不審な人物も見てもらったんだけど、心当たりはないって言ったよ。麗しい友情ってやつかねえ。気の毒に、一方通行だけどさ」

テーブルを両手で力任せに叩《たた》いた。狩野の声がぴたりと止む。手のひらがじんと痺《しび》れる。

妄想もいいかげんにしてよ。わたしは突き落としてなんかない。それに、夏希がわたしを庇うなんてありえない。あの悪魔がわたしの仕業だと思いながら口をつぐんだのだとしたら、そこには狡猾なたくらみがあるに違いないのだ。

冷たくこわばった手で、パンツのポケットから自分のスマホを取り出した。何度かミスタッチをしながら、問題のスケジュールアプリを開いて狩野たちに示す。

「わたしのスマホは夏希のと同じ機種だから、同じアプリが入ってるんです。一月十一日、って音声入力してみてください」

狩野の顔から初めて笑みが消えた。かすかに眉を寄せ、言われたとおりにする。そして目を見開いた。

「一月一日……」

「たぶんこの機種かアプリの欠陥なんだと思います。音声入力で『十』が認識されないんです。わたしもあとで、夏希がああなってから、気がつきました」

顔の半分を覆った包帯の白が、まぶたの裏を刺すようによみがえった。今日のわたしのメイク、変じゃない？　毎日のように訊いてくる甘ったれた声が聞こえた。自分の部屋でやればいいのにここでやって、出しっ放しにして忘れるから、いつもリビングのあちこちに夏希の化粧品が散らばっていた。卒業制作の衣装とともに彼女の部屋に片付けたけど、においが残っている気がする。

葉桜がもう一度、音声入力の実験を試みた。同じ結果を見届けたふたりの目が、再びこちらに向けられた。わたしの顔はひどく歪んでいるはずだ。

「君が入力した日付は、一月十一日だったって？」

「十一日は卒業制作展の日です。夏希は当日にパフォーマンスをする予定だったから、脅かして動揺させれば、失敗させられるんじゃないかと思って、一ヶ月以上前に設定しました。睡眠薬を飲ませたのも、前日の夜に夏希がうるさかったからです。作業の邪魔をされたくなかっただけなんです」

無理やり吐き出すように声を出した。もう白状するしかない。わたしは夏希のスマホに細工をした。前日に睡眠薬を盛った。そのせいで夏希は事故に遭ったのだ。夏希をあんな目に遭わせたのはわたしだ。

「でも、絶対に突き落としてなんかいません。わたしは十一日を楽しみに待ってたんですから」

「楽しみにねえ」

軽蔑《けいべつ》されるのは覚悟の上だった。やってもいない殺人未遂の犯人にされないためにはしかたない。それに、夏希への復讐自体は正当な権利だと、今でもわたしは思っている。本来、わたしは被害者なのだ。その点において、わたしは悪くない。

返すよと差し出されたスマホを、それがひどく熱いものであるかのように、おっかなびっくり受け取った。わかってもらえたんだろうか。

「美穂ちゃんがスケジュールアプリのしかけをしたってことと、睡眠薬を飲ませたってことはわかった。だからって、君が突き落としてないってことにはならないよ」

わたしははじかれたように顔を上げた。狩野はだらしなく頬杖《ほおづえ》をついて、紅茶をひとくち飲んだ。

「さっきも言ったとおり、美穂ちゃんが夏希ちゃんの一日の予定を知らなかったってことは証明できないし、出かける彼女のあとをつけてくことだってできたはずだ。マンションの入り口の防犯カメラに君が出ていく映像はなかったけど、映らないように出るルートだってあるかもしれない」

「そんな」

「むしろ君には殺意があったと証明された、と言うこともできる」

「違います!」

思わず腰を浮かせて叫んだ。

「一月一日の午前九時、わたしは自分の部屋で寝てました。マンションの防犯カメラだけじゃ信じられないなら、道路でも駅でも調べてください!」

唐突に静寂が訪れた。それはほんの三秒かそこらの沈黙だったけど、いやに不自然で濃密な間だった。ふたりの刑事がちらりと視線をかわす。

「午前九時?」

ゆっくりと狩野がわたしの言葉をなぞった。

「どうして午前九時」

わたしは困惑して口ごもった。何を言っているんだろう。

「だって、夏希が転落した時間でしょう。九時に表示された『殺す』っていう文字を見て、動揺してるところで……」

人にぶつかって落ちた、とわたしは思っている。何者かに突き落とされた、と警察は言う。

「午前九時三十分」

「え？」

「夏希ちゃんが転落した時間だよ。君の言うとおり、スケジュールが通知されて夏希ちゃんがそれを見たのは九時だ。君がそう設定したんだもんね。だけど、夏希ちゃんが突き落とされたのは、その三十分後なんだ」

狩野の口調から、なぶるような響きが消えた。芝居っ気もなくつまらなそうだ。

「本人は認めないけど、突然スマホに表示された言葉にショックを受けた夏希ちゃんは、それから三十分間、構内のベンチに座って休んでた。たぶんその間に、君の仕業だってことに気づいたんだろう。それから行き先とは反対方面のホームに立った。気分が悪くなったから引き返そうとしただけだって彼女は言ってる。何者かに突き飛ばされたのはこのときだ」

そういえば刑事たちは時刻を一度も口にしなかったと、今になって気づいた。もしかしたら転落の時刻は報道されていたのかもしれないけど、スマホの表示を見てすぐに転落したものと思い込んでいたから気にも留めていなかった。

「こっちもこのタイムラグが気になってはいたんだけどね。事件発生時刻を誤認していた君が、突き落とした犯人とは考えにくい。演技ならたいしたもんだけど、そうじゃないだろう。俺、ちょっと見る目あんのよ。学生時代に演劇やっててさ」

殺人未遂の疑いが晴れたのだと理解するのに、少しかかった。ほっとしたものの、喜びは湧いてこない。わたしがやったことは暴かれてしまった。

まるで春みたいだ。窓から差し込む淡い光を、わたしはぼんやりと見ていた。水底から空を見上げるように。春から勤めるはずの会社のことを考えた。お父さんとお母さんと健介の顔が浮かんだ。そして、飾り切りにされたにんじんの花丸。

立ち上がって自分の版画のそばへ行き、壁に立てかけたそれらを正面から見た。無意識に触れようとした手もとが狂い、最も大きな一枚が前に倒れた。精魂こめて作りあげた大切な作品なのに、なぜだろう、直す気になれない。

狩野が立って代わりに手を伸ばしたので、「触らないで」と止めた。思ったより低く鋭い声が出た。こんな人にわたしの作品を触られたくない。

狩野がホールドアップするみたいに両手を上げる。

「今の美穂ちゃんの顔、一沙ちゃんだったら喜んで描くんだろうね」

一沙？　唐突に登場した名前に当惑した。

そういえば、刑事がアトリエでクロッキー帳を見たと言っていたっけ。わたしも見るかと訊かれたけど、あのときはそれどころじゃなかった。

「知らなかったのか、あの子が君を描いてたこと。顔のアップばかり何枚も何枚も」

「なんでそんな……」

「俺も訊いたよ。スケッチブックをぱらぱらっとめくってたら、途中から急に美穂ちゃんだらけになったもんだから。一沙ちゃんの答えは、『美穂ちゃんがおもしろい顔をするようになったから』」

わたしは自分の腕をきつくつかんだ。けがを負った夏希の顔を写し取っていた、一沙の姿がよみがえる。

「闇のなかでほくそ笑んでるような暗い笑顔。顔の右半分と左半分がちぐはぐな表情。混乱と不安を皮膚の下に押し込んだような無表情。いや、芸術家の目ってのはすごいもんだね。一沙ちゃんの目から見て、君はある時期から明らかに変わったんだよ。たぶん夏希ちゃんのスマホに細工をしたころからかな」

異常者。そして、天才。

だらりと腕を下げたわたしの目の前に、わたしの版画が倒れている。

葉桜の携帯が鳴った。スマホではなく折り畳み式の携帯電話だ。

電話を切った葉桜が狩野に耳打ちした。狩野はちょっと眉を上げ、一瞬だけ考えるような間を置いてから、わたしを見て告げた。

「梨本英也《ひでや》が自首してきたよ。米原夏希をホームから突き落としたって」

「ごめんなさい」

絞り出すような声がシーツに落ちた。ベッドサイドの椅子で硬くなっていたわたしは、はっとして顔を上げた。

病室にはふたりきりだ。一沙はいない。

事件から三週間がたち、夏希はようやく上半身を起こせるようになった。とはいえ、ギプスや包帯であちこち固定された体は、背中に当てた分厚いクッションなしには姿勢を保つことができない。来週にはまた手術をするという話だった。

包帯で半分が覆われたままの顔から、わたしは目を逸らした。ごめんなさい——それはこちらが言うべき言葉だ。そのために勇気を出して訪ねてきたのに。

「梨本くんのこと、聞いたよね……？」

うつむいたままの夏希の問いかけに、うん、とだけ答える。彼のことを考えると、少しだけ胸の奥が疼《うず》いた。ろくに接点もないのにずっと想い続けたというほど純情じゃない。それでも、ときどきあの笑顔を思い浮かべて、無性に会いたくなることはあった。

夏希がぎゅっとシーツを握った。前より痩せた手に、骨の形が白く浮かび上がる。思い切ったように息を吸い込む音が、やけに大きく聞こえた。

「梨本くんとは予備校から一緒だったって話したよね。そのころから、付き合ってくれって何度も言われてたの。断っても断ってもしつこくて、自分に彼女がいるときでさえ別れるかららって。ストーカーみたいにつきまとわれたこともあるし、待ち伏せされて怖い思いをしたこともある。大学生になってからはそこまでじゃなかったけど、それでも思い出したように言われるのが嫌でたまらなかった」

思いもかけない告白だった。あんなふうに開けっぴろげに笑う人が？　あの爽やかな胸像を作る人が？　彼が夏希を突き落としたと知ってもなお、にわかには信じられない。でも考えてみれば、夏希は梨本くんがあまり好きじゃないようだったし、わたしにもやめたほうがいいと言った。てっきりわたしを支配していたいからだと思っていたけど。

「最初は本当に好きになってくれたのかもしれない。でも途中からは、わたしみたいなとろい世間知らずを追いまわして困らせるのがおもしろかったんだと思う。テレビで見たけど、卒業制作で強いストレスを感じていたとか話してるんでしょ。わたしは捌《は》け口だったんだよ。ちょろいと思ってた相手に拒まれ続けて、意地になったのもあるのかな」

夏希の辛辣《しんらつ》な分析と物言いに、わたしはとても驚いていた。たぶん梨本くんが犯人だったことや、信じたくない一面を持っていたこと以上に。

「一昨年《おととし》の震災のあとくらいからまたいろいろ言ってくるようになって。大晦日に、明日ふたりで初詣に行こうって誘われたの。わたしがオーケーしたのは、今度こそはっきり言ってやろうと思ったから。迷惑してる、二度とわたしに関わらないでって」

すでに警察の捜査で明らかになっていることだ。夏希が待ち合わせをした相手は梨本くんだった。梨本くんは藤沢駅で自分も乗り換える際に夏希を見つけたが、彼女が引き返そうとしたので、ショックのあまりかっとなって突き飛ばしたのだという。ショックという言葉は梨本くん自身が用いたもので、夏希の解釈では違う表現になるかもしれない。

「誰にも相談しなかったのは、わたしに気を遣ったからだよね」

「だって、嫌でしょ？　好きな人が自分の友達に言い寄ってるなんて。だけど前日の夜は不安でたまらなくて、美穂ちゃんにうっとうしく甘えちゃって」

とうとう夏希の声が震えはじめた。いつもいらいらさせられてきた、わたしに言うことを聞かせるときの涙声。だけど今は腹が立たない。

わたしは思い切って息を吸った。

「突き落とされたこと、それにスケジュールアプリのしかけのことを、否定したのはなんで」

どちらもわたしの仕業だと思って庇おうとしたのだと、狩野は言った。そんなはずはないとわたしは打ち消した。

夏希の薄い肩がいっそうこわばり、ややあって聞き取れないほどの声が耳に届く。

「……ごめんなさい」

それが答えだった。狩野の言ったとおりだったのだ。夏希は突き落としたのもわたしだと誤解していて、そのことを謝っている。

「ごめんじゃないよ。アプリの件は実際にわたしがやったんだから」

罪を犯したのはわたしなのに、夏希のほうが断罪されているみたいにうなだれている。

「ああやっぱり、って思ったの。アプリの通知を見たとき」

「やっぱり？」

「美穂ちゃんがわたしを嫌ってるって、人から言われたことがあって」

ぎくりとした。狩野にも指摘されたとおり、友達に愚痴をこぼしたことがある。一沙のように鋭い観察眼を持つ人なら、態度や表情で見抜いていたかもしれない。でもそれが夏希の耳に届いていたなんて。

「わたしは信じなかった。ううん、信じたくなかった。わたしは美穂ちゃんを親友だと思ってたから。わたしの友達は同じような家庭環境の子が多くて、美穂ちゃんと知り合ったとき、同い年なのにこんなにしっかりしてる子がいるんだって感心したの。そんなふうになりたいって憧《あこが》れた。それに、昔からの友達はわたしのことをだめなやつだって言うけど、美穂ちゃんは言わないでしょ」

それはべつに優しさじゃない。知り合った当初は当たり前の遠慮があっただけだし、途中からは言えなくなったというだけのことだ。

「わたしは美穂ちゃんが大好きだから、できることは何でもしてあげたかった」

あふれ出す夏希の涙を、わたしは呆然《ぼうぜん》と見ていた。本当に、ただわたしのためだったというのか。ピンクサロンのバイトを誰にも言わずにいたことも。同居して家賃を負担することも。ファッションに口を出すことも。父親のコネを使って就職を斡旋《あっせん》したことも。わたしに向けられた笑顔や言葉は、全部そのままの意味だったのか。じゃあ、わたしの秘密を握ったときに笑ったのは？　あれはわたしの思い込み？

「でも、だけど……」

唇がぶるぶる震えてうまく声が出せない。

「家事をみんな押しつけたじゃない」

「それは、家賃の代わりにそうでもしないと相手はかえってつらいって人から言われて」

「それにしたって、遅い時間に料理させたり、朝も起こさせたり」

「試したの。わがままも聞いてくれるって。嫌われてなんかいないって」

夏希はぎゅっと目をつぶった。大粒の涙が転がり落ち、顔を覆った包帯にも涙の染みが広がっていく。

「卒業制作を手伝えっていうのも？」

「わたしを嫌いなら、手伝ってくれるはずがない。わたしを嫌いなら、作品をだめにすることだってできる。でも美穂ちゃんはそうしなかったから、だから……」

嫌われてない。そう信じるために。

「いつも美穂ちゃんの顔色をうかがってた。美穂ちゃんに関係ない話題はつまらないかと思って、デザイン科の話はなるべくしないようにしたり」

見当外れだ。わたしはそんなことで怒らない。いや、怒るポイントはまったくよそにあったのに。

わたしは大好きじゃないの？　それじゃだめなの？」


「うざいよね？」

　夏希の言葉はまさにそのとおりで、否定できなかった。

「高校のとき、付き合ってた人に言われたの。依存心が強すぎてうざいって。わたしは人との距離の取り方が下手なんだって。わからないよ。大好きな人は大好きじゃないの？　それじゃだめなの？」

「だからって、自分を殺そうとした相手を庇うなんて」

　夏希は包帯の上から両手で顔を覆った。

「疑って本当にごめんなさい。濡れ衣《ぎぬ》きせといて、それを庇おうなんてバカだよね。こんなだから、梨本くんみたいな人に付け入られ……」

「やめてよ」

　勝手に口が動いた。冷たく尖った自分の声を聞いてから、猛烈に腹が立っていることに気づいた。夏希がびくりと震え、恐る恐るわたしを見る。おどおどとみはった目で、懸命にわたしの顔色を読もうとしている。その態度が余計にわたしをいらつかせる。

「自分のことをすぐバカとかグズとかとろいとか言う、夏希のそういうとこ、大嫌い」

　誰にも言わないから――あの言葉が一瞬、脳裏をかすめたけど止まらなかった。

「そのくせ嫌わないでほしいって言うんでしょ？　何それ」

「美穂ちゃ……」

「気を遣ってるつもりで全然気持ちが読めてないところも、無邪気さと背中合わせの無神経さも、大嫌い。他にも嫌いなとこいっぱいある。嫌いなとこだらけ。そうだよ、わたしはあんたが大っ嫌い」

ぱた、とシーツを打つ音がした。わたしははっとして自分の目もとに指を当てた。どうしてわたしは泣いているんだろう。ひと息にまくし立てたせいで息が上がっている。頭が熱い。

なぜそうするのかわからないまま、わたしはベッドに力なく投げ出された夏希の手に自分の手を重ねた。夏希の手は冷たくこわばり、かすかな抵抗を示したようだった。

「だけど、自分のことはもっと嫌い」

夏希が戸惑うのが手を通してわかった。顔を見る勇気はなくて、重なった手を見つめる。よく似た手だ。何かを作るために使い込まれた道具。大きさも同じくらいだけど、夏希のほうは少し爪が伸びている。

「夏希のやることなすこと、何でも悪く解釈してた。夏希の優しさやきれいなところは、いつの間にか見なくなってた。夏希の気持ちをちゃんと考えてみたこともなかった。言葉はひとつも信じなかった。そうやって、わたしの夏希を勝手に作り上げてたの」

わたしのせいでけがをしたのではなかった。でも、わたしは確かにこの子に傷を負わせたのだ。見えないところに、もしかしたらもっと深く。

藤沢駅で行き先と反対方面のホームに立った夏希は、わたしと暮らす部屋へ帰ろうとしたのだろうか。それとも、どこかよそへ行こうとしたのだろうか。

勇気を出して顔を上げた。夏希もおずおずとわたしを見る。

ああ、嫌な目。わたしはやっぱりこの子が嫌い。だけど。

「ごめんなさい」

やっと言えた。わたしは卑屈でひがみっぽいけど、頼りない夏希とは違うから、しゃくりあげずにはっきり言えた。

「美穂ちゃん……」

「ほら、また泣く。うざいよ」

わたしは立ち上がり、窓を開けた。いい天気だ。

青空を眺めながら、一沙ならどう描くだろうとふと思う。一沙のクロッキー帳に描かれたわたしは、どんなふうだったんだろう。夏希もけがをしたときだけじゃなく、普段から描かれていたかもしれない。もしかしたら梨本くんも。一沙はおもしろいと感じたものは何でも描いた。わたしと違って、冷徹なほど客観的な観察眼を持っていた。

でも、そのクロッキー帳を見ることはもうできない。一月十日の夜、卒業制作展の前夜に、アトリエごと燃えてしまったから。

焼け跡から黒焦げの遺体が発見された。一沙だった。ほどなく羽瀬倉幹雄先生が逮捕され、取り調べの最中に自殺した。

天才と天才の間に何があったのか、凡人にはわからない。あの優しげな先生にも別の顔があったのかもしれない。一沙はきっと最後の瞬間に、その顔を描きたいと思っただろう。

二〇一二年度の卒業制作展は中止になった。一沙の遺作となった三枚の抽象画も、日の目を見ることはないまま灰になった。あれは完成したのだろうか。あの絵に込められたすさまじい情念の意味を、わたしはしばしば考える。でもやっぱりわからない。一沙の死を悲しむべきなのかどうかも、正直わたしにはわからなかった。天才とその最高傑作には、あれこそがふさわしい最後だったのかもしれない。

今日はあったかいね、と夏希が言った。

わたしは振り返らずに、空気は冷たいよと答えた。

春はまだ遠いようだった。

サロメの遺言

テーブルに突っ伏したエミリの首筋を、蛍光灯の冷たい光が照らしている。ぴくりとも動かなくなって、もう十分くらいはたっただろうか。それともほんの数十秒か。こぼれたアイスティーがテーブルの端から滴り、ぽた、ぽた、と切れ切れの音を立てている。砕けたガラスのように氷が散らばっている。

俺は向かいの椅子にへたり込んだまま、そろそろと細い息を吐いた。唇や喉《のど》が震えて、息も震えていた。体を動かせるようになるまでに、ずいぶん時間がかかった。

エミリはノースリーブのワンピースを着ている。かつて俺がプレゼントしたものだ。肩からむき出しの白い腕が、アイスティーの水たまりを引きずって前方に投げ出されている。俺に向かって伸ばされているようでもある。

その手首に思い切って触れた。エミリは間違いなく死んでいた。アイスティーに混ぜられた毒物が彼女の命を奪ったのだ。

俺は眼鏡を外してシャツの裾《すそ》でレンズを拭《ふ》いた。いつからの癖か、冷静にものごとを考えたいときはいつもそうする。

再び眼鏡をかけ、心なしかクリアになった視界で現状を捉《とら》えながら、俺は頭のなかにリストを作った。殺人犯が殺害現場でやるべきことのリスト。

凶器を回収する。自分のグラスを洗って片付ける。毛髪が落ちているかもしれない床を掃除し、指紋が付いているだろうところを拭く。エミリのスマホからSNSを開き、それらしい文章を投稿する――「疲れちゃった。ごめんなさい」。痕跡《こんせき》の消去と遺書の偽造だ。

ひととおりの作業を終え、あるじを失った部屋を見まわした。白を基調にビタミンカラーがセンスよく配されている。おしゃれな雰囲気を損なわない程度に飾られたアニメのグッズやポスターは、いずれもエミリが声優として出演した作品のものだ。そのうちのひとつ『絶対領域戦線』のポスターに目が吸い寄せられた。詩杜《うたもり》エミリはそれで初めて大きな役をつかみ、いわゆるアイドル声優としてブレイクした。

目をつぶり、木製のラックに視線を移す。エミリ自身の写真集やインタビューが載った雑誌とともに、出演作の台本が取ってある。乱雑に突っ込まれたライトノベルや漫画の本も、やはりすべて出演作の原作だろう。少年向けライトノベル『絶対領域戦線』シリーズの三巻がある。同じく『オニヨメ！』の一巻もある。どちらも著者は、高木《たかぎ》カギ、俺だ。

自分のペンネームから目を逸《そ》らし、ラックに歩み寄った。まだ震えている手を握ったり開いたりしてから、本の隙間に指を差し入れ、隠しておいた超小型カメラをそっとつまんで取り出す。サイコロのようなそれは、うまく言うことを聞かない親指と人差し指の間で、逃げようとするかのようにぐらぐら動く。

抜こうとした手が本に引っかかった。とっさに押さえようとしたが、かえってバランスを崩す結果になった。雪崩を起こした本が次々にフローリングの床を打つのを、なすすべもなく見守った。止めていた息を吐き、震えを払い落とすように強く手を振る。カメラをサマージャケットのポケットにしまおうとして、そこには先客がいたことを思い出した。いの一番に回収した青酸カリの残りだ。カメラを反対側にしまい、左右のポケットを軽く押さえる。頼むぞ、と語りかけるように。

落ちた本をハンカチで拭《ぬぐ》いながら、元のように乱雑にラックに戻した。もう一度、眼鏡を拭いて、部屋全体をチェックする。

エミリのマンションを出て駅へ向かう途中で、公衆電話を見つけて暗記している番号にかけた。午後十一時を過ぎていたが、二季《にき》はワンコールで出た。彼女が適任だ。

話を聞き終えた二季は力強く言った。

「任せて。わたしは絶対に裏切らないから」

「ありがとう。じゃあ、今夜のうちに発送する」

電話を切り、ほっと息をつく。

大丈夫、俺はうまくやった。これからのことも、うまくやってみせる。

九月十七日の午後にインターホンが来客を告げたとき、来た、と俺は直感した。モニターを見ると、天然大理石の玄関ロビーに、地味なスーツを着込んだ男女が立っている。

鋭い目でまっすぐカメラを見ている四十がらみの女と、もの珍しげにきょろきょろしている太った青年。

「はーい？」

応じると、ふたりは神奈川県警の警察手帳を示し、女が山崎《やまざき》、男が寒川《さむかわ》と名乗った。

「大久保《おおくぼ》恭さんのお宅でよろしいでしょうか。ペンネームは高木カギさん」

「そうですけど」

「森田《もりた》えみりさんをご存じですよね」

山崎はてきぱきした口調でそう切り出した。薄いが隙のない化粧は、彼女を魅力的に見せるというより、厳格な印象を強めている。

「彼女がどうかしたんですか」

「少々伺いたいことがありまして。お時間いただけないでしょうか」

俺はマンションのオートロックを解除した。エレベーターで三十六階まで上がってくる頃合いを見計らい、ドアを開けて廊下に顔を出す。

「こんな恰好《かっこう》ですいませんね」

リネンのシャツにハーフパンツの俺を、寒川はうらやましそうに見た。今日は特に残暑が厳しく、丸々とした赤ら顔をハンカチでしきりに拭っている。

靴脱ぎに立った山崎は、上がり框《がまち》にいる俺をにこりともせずに見上げた。何かと戦っているかのような厳しい目つき。職業という面だけとっても、楽な生き方はしていないのだろう。女性としてはともかく、キャラクターとして惹《ひ》かれるタイプではある。

「お忙しいところ恐れ入ります。実は、森田えみりさんが亡くなりました」

「えっ」

「詩杜エミリさんという芸名で、声優の仕事をしておられたそうですね。昨日、仕事の現場に現れず連絡もつかないというので、マネージャーが自宅を訪ねて発見しました。亡くなったのは、十三日の夜から十四日の朝と思われます」

「そんな、本当ですか。なんで」

「服毒による中毒死です。周囲の方々によれば、人気の下降に悩んでいるご様子だったとか。十三日には、詩杜エミリとしてのSNSに死をほのめかすような投稿をされていました」

俺はすぐにスマホを操作して、そのSNSを表示した。うわ、と片手で口を覆う。

「自殺ってことですか」

「おそらくそう思われますが、確認のために近しい方々からお話を伺っているんです。ご協力いただけますでしょうか」

山崎が本当のことを言っているのかどうか、態度からは判断しかねた。自分がやったことに自信はあったが、百パーセントとは言いきれない。実は他殺の可能性を疑っていて、重要参考人として俺の様子を探ろうというのかもしれない。むしろ何らかの疑惑がなければ、俺のところにまで話を聞きにくるものだろうか。

「俺が彼女と親しくしてたのは、ずいぶん前のことですよ。今は全然。それでもいいんですか」

お願いしますと言うので、二十畳のリビングダイニングに招き入れた。大きな窓からは横浜のランドマークとなっているホテルやきらめく海が望める。寒川が歓声ともため息ともつかない声を漏らした。

「すごい部屋ですねえ」

「賃貸ですよ。あ、エアコンの温度、適当に変えてください」

ふたりにソファを勧め、俺はキッチンへ行ってコーヒーミルに豆を入れた。

「グアテマラでいいですか。って、それしかないんですけど」

おかまいなく、と山崎が応じた。デンマーク製のカウチソファに並んで座ったふたりは、感心したように室内を見まわしているが、怪しいところがないかチェックしていると思えなくもない。

三人分のコーヒーをリビングのテーブルに運び、刑事たちの向かいに腰を下ろした。

「お待たせしました。時間はかかるけど、手挽《てび》きが好きで」

はあ、と応じた寒川はぴんとこない顔つきだ。

「こだわりがあるんですね。インテリアもおしゃれで高そうなものばかりだし。あの、ここって家賃はどのくらいなんですか」

「そんなこと訊《き》きます？　さすが刑事さんって遠慮がないんだなあ」

笑って金額を告げると、寒川はのけぞって驚いた。

「まだ二十七歳ですよね。作家ってそんなにもうかるんですか」

「ピンキリですよ。俺はたまたまデビュー作がヒットして、アニメも当たったから」

「『絶対領域戦線』ですね」

寒川は改めて部屋を見まわし、あれっという表情になった。

「本棚はないんですね。作家先生の部屋っていうと、壁を埋めつくす本っていうイメージなんですけど」

「それは書斎に。くつろぐ場所にはなるべく仕事を持ち込みたくないんですよ。趣味のものだけ」

なるほど、とうなずいた寒川の視線の先には、アメコミのフィギュアを並べた専用ケースがある。UVカット加工が施され、ライトと背面ミラーが付いた大型のものだ。

その隣には、女の両腕をかたどった石膏像《せっこう》。サイズもちょうど成人女性の腕くらいだ。頭も胴体もなく腕だけで、しかもかなりリアルなので、女の子を泊めると夜中に悲鳴をあげられることがある。

父から譲り受けたもので、作品のタイトルは『サロメ』だと聞いていた。オスカー・ワイルドの戯曲で、ビアズリーの挿画が有名なあのサロメだ。預言者ヨカナーンに愛を拒まれた王女サロメは、ヨカナーンの首を斬らせて唇に口づける。この石膏の腕が両手で何かを持つような恰好なのは、切断された頭部か、それを載せた皿を持っているところなのだろう。しかし頭部の像はない。不思議に思って父に理由を尋ねたことがあった。答えはさらに不思議なものだった——「これはサロメではない」。

山崎の声で我に返った。

「大久保恭さんと高木カギさん、どちらでお呼びすればいいでしょうか」

いけない。刑事とのやりとりに集中しなくては。

「お好きにどうぞ。ああ、でも、エミリとのことを話すなら高木のほうがふさわしいかな。エミリは俺をカギって呼んでましたから。俺のほうもカタカナでエミリって呼んでた感じがしますよ。音は同じですけどね」

森田えみりではなく詩杜エミリ。俺の認識はずっとそうだった。

「では高木さん、さっそくですが教えてください。エミリさん、と私も呼ばせてもらいますが、エミリさんとかつて交際されていたそうですね」

「そんなの誰から聞いたんですか。さっきも言ったけどずいぶん前のことですよ。コーヒーを入れながら考えてみたら、別れてもう一年になりますから」

苦笑してコーヒーで喉を湿らした。寒川がメモを取る態勢になる。

「知り合ったのは三年前、二〇一五年です。俺の『絶対領域戦線』がアニメ化されて、複数いるヒロインのうちひとりを演じたのが詩杜エミリでした。エミリはそれで一躍、人気声優の座に駆け上がったんです。歌のＣＤや写真集も出す、いわゆるアイドル声優ってやつですね」

エミリは当時二十歳で、顔もスタイルも男好きのするタイプだった。初めて会って甘い声で「先生」と呼ばれたとき、その「先生」にかすかな媚《こ》びが感じられたとき、とてもいい気分になった。高木カギにはそれだけの価値があるのだと。

「すぐに付き合いはじめて、大きなけんかもなくうまくいってたと思います。でも、そのうちなんとなく合わなくなっちゃって。終わりってそういうもんでしょう」

「その後、連絡を取り合ったりは」

いいえ、と俺は嘘をついた。まだ汗の引かない寒川が、ちらりと山崎を見た。

「エミリさんのほうからもなかったんですか」

「ありませんね。刑事さんは元カレに連絡したりします？」

山崎は無視した。薬指にシンプルな指輪が光っているが、この愛想のない刑事が夫とどんなふうに会話をするのか想像がつかない。表情を読むには難しそうな相手だ。

「高木さんの『オニヨメ！』という作品が、今度アニメ化されるそうですね。マネージャーによると、エミリさんはその主役を欲しがっていたそうです。先月の初めごろには、原作者に頼んでみると言っていたと」

「え……」

俺は黙り込んだ。しっかりと聞き込みをおこなっているようだ。やはり他殺を疑っているのか。だとすれば、エミリの通話記録も調べているに違いない。

「どうされました」

「あー、すいません、嘘つきました。あんまり言いたくないことだったんで、つい」

「連絡があったということですか」

「ええ、確かに先月の初めごろにエミリから電話がありましたよ。原作者として『オニヨメ！』の主役に推してほしいって。人気の下降に悩んでたってさっき言ってたけど、そんなふうには感じなかったなあ。相変わらず明るかったですよ。あ、そうやって軽ーく俺のこと使っちゃうんだ、って思ったくらいだったから」

「了承されたんですか」

「いえ。俺にキャスティングの権限はありません。原作者なんてそんなもんですよ。エミリもそれは知ってたはずなんだけどな」

しつこく食いさがるエミリに腹が立ってきて、一方的に電話を切った。それからネットでエミリのことを調べてみて、落ち目であることを知った。一般的なアイドルと同様、アイドル声優の世界も移ろいが早いものらしい。詩杜エミリはもう終わっているとまで書かれていて、同情はしたが、仕事の話は別だ。

「それからもエミリは執拗《しつよう》に電話をかけてきました。情に訴えたり、過去のあれこれを恩に着せるような物言いをしたり、とにかく主役をくれって。俺が引っ越してなければ、家に押しかけてきてドアの前に座り込むくらいのことはやっただろうな。一度でいいからじかに会って話したいと懇願されて、それで納得するならと思って会いました。九月十三日のことです」

エミリが死んだ日だ。ついてない、と俺は肩をすくめた。山崎の表情は仮面のように変わらないが、寒川の丸々とした童顔からは、軽薄で情のない男に対する非難がましい感情がわずかに見て取れる。

「みなとみらいの〈オーロ〉っていうイタリアンレストランで夕食を取りました。夜景がきれいでけっこういいですよ。味もそこそこだし。七時からの予約で、店を出たのが九時前だったかな」

寒川のペンが忙しく動いている。確認はすぐに取れるはずだ。エミリの容姿は目立つから、予約やクレジットカードの記録と突き合わせるまでもなく覚えている店員もいるだろう。

「俺はそこでキャスティングの件について話すつもりだったけど、エミリのほうはそうじゃなかったみたいで、切り出すたびに話題を変えられてしまいました。まあ、隣のテーブルと近かったし、店員が歩きまわってたから、確かに人の耳が気になる環境ではあったんですよね。それで食事を終えてから、エミリの部屋で話そうってことになったんです」

「エミリさんの部屋へ行かれたんですか」

「はい」

素知らぬふりをしているが、警察はそのことをすでに把握していたのではないか。エミリのマンションの入り口には防犯カメラがあった。俺たちふたりが入っていくところも、俺がひとりで出ていくところも映っている。

警察はエミリの部屋を調べ、遺体の発見者以外の毛髪や指紋が検出されないことを不審に思ったに違いない。エミリ自身のものさえないのだ。だがエミリが世を去るにあたって、自分の住まいを徹底的にきれいにしたということもありうる。

「言っときますけど、エミリのほうが招いたんですよ。俺が行きたいって望んだわけじゃありませんから。徒歩で行ける距離だけど、彼女は歩きにくいサンダルを履いてたし、俺も一刻も早く話し合いを終えたかったから、タクシーに乗りました」

念のためにとタクシー会社を訊かれ、俺は覚えていないと首を振った。だが警察はすでに突きとめているのかもしれない。他殺の可能性を、その犯人が俺である可能性を、彼らがどの程度まで疑っているのかが測れない。

「話し合いといっても、こっちは役はやれないという以外に言うことはないから、ほとんど一方的にエミリが話してただけです。っていうか、途中からは泣いたり喚《わめ》いたりで話にならなくなっちゃって」

「エミリさんは取り乱していたと」

「ええ、とても。最初の電話のときこそ普通だったけど、それ以降のやりとりでは感情の起伏が激しすぎて大変でしたよ。実際に会ってみたら、ああこれは病んじゃってるなって、はっきりわかりました」

エミリは子どものころから声優になりたかったそうで、仕事に対する姿勢は極めて真面目だった。ラックに立ててあった台本は、どれもよく読み込まれていることがひと目でわかった。だからこそ、夢をつかんだのもつかの間、坂を転げ落ちていくような現状はさぞ苦しかったろう。エミリは明らかに精神のバランスを崩していた。彼女のキッチンには心療内科で処方されたらしい薬もあったが、ちゃんと服用していたかは怪しい。そのことは警察も当然、把握しているはずだ。

「それもあって、ずいぶん我慢してなだめたりもしたんですけどね。でも埒《らち》が明かなくて。とうとう、何を言われても返事は変わらないって通告して、エミリの部屋を出たんです。横浜駅へ向かって歩きながら腕時計を見たら十一時を過ぎてたから、ずいぶん時間を無駄にしたと後悔しました。あ、人でなしなんて思わないでくださいよ。そのときはこんなことになるなんて思ってないんだから」

「高木さんがマンションを出たのが十一時として、詩杜エミリさんのSNSに遺書のような文章が投稿されたのは、午後十時五十分です。そのころエミリさんはスマートフォンを操作していましたか」

すぐに答えない俺に、寒川がじっと探るような目を向けてきた。言葉を探す間を埋めるように、コーヒーを口に運ぶ。

「……よく覚えてません。最後のほうはエミリの癇癪《かんしゃく》にうんざりして、基本的に顔を背けてたし。玄関で靴を履いてるか、部屋を出てエレベーターを待ってるときだったかも。たしかだいぶ待たされましたよ」

「ではあなたが出ていくとき、エミリさんはどんな様子でしたか」

「うなだれて動きませんでした。俺も最後はかなりきつい言い方したからなあ」

テーブルに突っ伏したエミリの姿が脳裏に浮かぶ。俺に向かって伸ばすように投げ出された腕。俺は背もたれに倒れかかって天井を仰いだ。

「あー、これじゃまるで俺のせいで自殺したみたいじゃん。だから話したくなかったんだよな。人聞き悪いし、自己嫌悪に陥りそうだし、迷惑かけられた上に十字架まで背負わされるなんて、めちゃくちゃ損だ」

「エミリさんから、身辺で何かトラブルがあったというような話は聞いていませんか」

「ないですね。あーあ、やっぱり俺が背中押しちゃったのかなあ」

刑事たちの質問はこれでおしまいだった。寒川の顔つきからすると、俺に対する心証はよくなさそうだ。

玄関でふたりを見送ったあと、リビングのソファにどさりと腰を下ろし、長く深く息を吐いた。今日のところはこれでいい。あのカメラが見つからないかぎり問題はなく、二季に預けてあるかぎりカメラは見つからない。

眼鏡を外してレンズを拭き、石膏の両腕を見つめる。俺は警察なんかには負けない。プロットをいま一度、点検しておく必要がある。

詩杜エミリの死はほとんど報道されなかった。そこそこの人気声優といっても、世間の認知度はそんなものだ。事務所が訃報《ふほう》を出し、ネットでは多少の騒ぎになったが、SNSに遺書めいた文章が投稿されていたこともあって、自殺と結論づけられてすぐに忘れ去られるかに見えた。実際、一週間もたつころには、エミリの名前を目にすることは皆無になったと言ってよかった。

突然、家宅捜索を受けたのは、そんなおりだった。その朝、大勢の捜査員を率いて押しかけてきた山崎は、俺の目の前に捜索差押許可状なるものを突きつけた。思ったとおりだった。自殺だと考えていると言いながら、やはり警察は俺を疑い、ひそかに捜査を進めていたのだ。

家宅捜索は拒否できない。仕事に取りかかる前にコーヒーを入れようとしていた俺は、中途半端に手を止めたまま、礼儀知らずの連中が無遠慮にずかずかと上がり込んできて、法という名の暴力を振りかざして俺の住居と仕事場を容赦なく引っかきまわすのを、固唾《かたず》を呑《の》んで見守っているしかなかった。

どうしましたと山崎が尋ねたのは、俺がよほど不安げに見えたのだろう。気がつけば、スリッパの爪先がせわしなく床を叩《たた》いていた。座ってみるものの、じっとしていられずに立ち上がってしまう。いったいいつまでかかるんだ。まだなのか。

捜査員のひとりがトイレに向かうのを見て、きつく目をつぶった。ややあって「ありました!」と声があがった。

ついに見つかった。トイレのタンクの裏にガムテープで貼り付けておいた青酸カリ。

エミリの命を奪った毒が。

「高木カギさん。いえ、大久保恭さん。署までご同行願います」

山崎が冷ややかに言った。俺は殺人事件の被疑者になったのだ。

何がおかしいんだよ、と寒川がすごむ。態度が一変していた。

愚かな警察。俺は思わず笑っていたようだった。

ほどなく俺は逮捕された。青酸カリが発見された時点で決まっていたこととはいえ、逮捕という事実には、やはり胸にずしんとくるものがある。

大丈夫、問題はない。警察の作るプロットには従わない。

取調室に座らされてから、俺はひたすら黙秘を通した。四十八時間の留置期限が近づいてきて、刑事たちの焦りといらだちが高まっていくのが手に取るようにわかる。

おまけに寒川がうっかり漏らしたところによれば、この件をマスコミが嗅《か》ぎつけたらしい。詩杜エミリの死はほとんどニュースにもならなかったが、それが殺人事件で、しかも彼女の代表作である『絶対領域戦線』の作者、高木カギが容疑者となれば、世間の注目も集まるだろう。

「青酸カリをどうやって入手したんですか」

飽きるほど繰り返された質問だった。今それを口にした山崎の唇には、くっきりと縦じわが刻まれている。冷静だった口調にも棘《とげ》が表れてきたようだ。

「前にあなたが語った九月十三日の行動は、防犯カメラの映像、レストランの従業員やタクシーの運転手の証言により、おおむね裏付けが取れています。ところがエミリさんの部屋からは、発見者以外の毛髪や指紋が検出されませんでした。エミリさん自身のものも、そこへ行ったはずのあなたのものも。また、死亡推定時刻は深夜から未明にかけてであるにもかかわらず、遺体発見時、現場の明かりは消えていました。青酸カリの即効性を考えると、もし自殺ならば、エミリさんは暗闇のなかで服毒したことになります。この二点についてどう思いますか」

これも何度も聞かされた話だった。エミリの部屋を掃除したのも明かりを消したのも俺だが、それを言う気はない。

「だんまりは父親の真似ですか。大久保恭、いえ、羽瀬倉恭」

父の死後、正式な手続きを踏んで母の姓になっただけなのに、まるで偽名を使っていたかのような言われ方だ。こうして父の件を持ち出されるのももう何度目か。安い挑発だ。

五年前だった。俺が大学四年生のとき、父が逮捕された。教授として勤務していた神倉美術大学で、指導していた女子学生、吉田一沙を殺害した上、彼女が使っていたアトリエごと遺体を焼却したというのだ。

父は容疑を認めなかったし、物的証拠もなかった。状況証拠のみによる逮捕だ。取り調べは苛烈《かれつ》を極めたらしく、黙秘を続けた父は死をもって逃れることを選び、留置場でシーツを裂いて首を吊《つ》った。

　訃報を受けたときのことはよく覚えていない。父が逮捕されてから、俺は大学を休んで実家にいた。ぼんやりとした母の影が畳の上で震えていて、そのそばに固定電話の受話器が転がっていた。奇妙に静かで、暗い山中に自分たち母子だけが放り出されたような気になったものだが、あながち間違いでもなかったと言える。

　世間にとって羽瀬倉幹雄は、我が子ほどの年齢の教え子をもてあそんで殺した男だった。母はその妻で、俺はその息子だった。マスコミが群がり、知りもしない父を蔑《さげす》んで笑いものにした。親しかった人たちが離れていき、親類にさえ縁を切られた。道を歩けば白い目と陰口にさらされ、近所では商品を売ってくれない店もあった。残酷な言葉が落書きされた家の中で、歯を食いしばって泣いていた母。転居の決断がもう少し遅ければ、心労でどうにかなっていたに違いない。俺は必要な単位をほぼ取り終えていたので、ほとんど大学に行かなくても卒業はできた。だが内定していた就職は諦《あきら》めた。

　小説家という職業を選んだ理由のひとつは、ペンネームで仕事ができることだ。俺はいつも「あの犯人の子」だと知られることに怯《おび》えながら生きてきた。

「何とか言いなさい、羽瀬倉恭」

「……だったら」

　俺は久しぶりに声を出した。俺を羽瀬倉恭と呼ぶなら。

「狩野雷太を連れてきてくださいよ」

「なんですって？」

父の取り調べを担当した刑事の名を、俺は突きとめていた。

「神奈川県警の元刑事で、今は神倉駅前交番に勤務している狩野雷太です。彼となら話してもいい」


血なまぐさい夢を見ていた。銀の皿に載せて運ばれてくる生首。うっとりとほほえんで待つ女。サロメだ。彼女は愛《いと》しげに両腕を差し伸べ……。

――これはサロメではない。

父の声で、唐突に夢は終わった。

軽く頭《かぶり》を振って、前髪がずいぶん伸びているのに気づく。思えばしばらくカットに行っていない。

俺は送検され、さらに勾留《こうりゅう》されることになった。だが狩野を呼べという要求が叶《かな》えられる気配はなく、いっそう余裕をなくしていく刑事たちを黙って観察するだけの日々が続いている。もちろん簡単に聞き入れられるとは思っていない。警察と我慢比べをする覚悟はできていた。

今日も同じ一日が繰り返されるものと思っていたから、取調室でその男が待っていたのには驚いた。狩野ではない。明らかに俺よりも年下の見知らぬ青年。均整の取れた長身と、清潔感のある穏やかな顔つきが、賢い大型犬を思わせる。

「神奈川県警地域課巡査の月岡です。神倉駅前交番に勤務しています」

神倉駅前交番。狩野の部下ということか。

月岡は礼儀正しく名乗ってから、いぶかる俺の向かいに腰を下ろした。交番のおまわりさんが殺人事件の取り調べを担当するなど特例中の特例に違いないのに、十年来の自分の席であるかのように落ち着いて見える。安っぽい無個性な机には、捜査資料らしき書類とノート、畳まれたノートパソコンとプリンターが置かれている。

傍らに立っているのは葉桜だ。父の事件のころから異動していなければ、捜査一課に所属している。四十歳を超えたように見えるが、硬骨の軍人を思わせる姿勢のよさ、やや気難しげな表情は変わらない。

「俺は狩野雷太を指名したはずですけど？」

「代理で私が話を伺います」

「代理ねえ。それじゃ話す気にはなれないな。あ、実はそのマジックミラーの向こうで様子を見てたりしません？」

「どうしても狩野でないとだめですか」

「会ってみたいんですよ、狩野雷太に。人を殺した刑事。しかも殺されたのは俺の父親。作家としてすごく興味があるんです」

ふたりの警察官の顔を順に眺めて、にっと笑ってみせる。葉桜は苦々しげだが、月岡の表情は変わらない。俺は笑みを抑えて月岡を見た。

「五年前のことは知ってます？」

「神倉美術大学における殺人事件で、被疑者だった羽瀬倉幹雄さんが自殺された件ですね。当時、私はまだ学生だったので、報道された範囲でしか知りません」

「つまり、狩野の行きすぎた取り調べの結果、父が首をくくったことは知ってるわけですね」

父は犯行を否認していたため接見禁止処分を受けており、会えるのは担当弁護士だけだった。その人権派弁護士が憤慨して語ったところによれば、父は憔悴《しょうすい》しきって抜け殻のようだったという。のちの報道で明らかになったのは、過酷で非人道的な取り調べの実態だった。来る日も来る日も八時間の制限時間いっぱい拘束され、恫喝《どうかつ》、脅迫、人格攻撃にさらされる。体調が悪くても考慮されず、コップ一杯の水さえなかなか与えられない。プライバシーも人権も存在しない環境で、肉体的にも精神的にも追いつめられ、父は死んだのだ。

留置場から取調室まで来る間、手錠をかけられていた手で、自分の喉をなでる。そこにシーツを裂いて作った紐《ひも》が食い込むところを想像し、歯を食いしばる。貸し与えられているスウェットの首もとを握りしめた。俺は負けない。

あーあ、と俺は頭の後ろで手を組んだ。

「狩野さんが来ないなら、黙秘を続けよっかな」

「では雑談でもしましょうか」

予想外の反応だった。まったく動じる様子がない月岡を、葉桜も少し驚いたように見た。

「高木カギさん、あなたの著作を拝読しました」

「……どうも。どれですか」

『絶対領域戦線』シリーズ全十二巻と、『オニヨメ！』シリーズ五巻までです」

つまり全部だ。月岡が取り調べを担当することに決まったのはせいぜい数日前のはずだから、それだけの日数で計十七冊。ページ数が多くないとはいえ、かなり無理をしなければ読めない。思わずまじまじと月岡を見た。見た目以上に真面目らしい。

気を取り直し、からかうように首を傾げる。

「それで、何か取り調べの役に立ちそうですか」

「ええ、まあ」

「作品から作者の人間性がわかるなんて考えてるなら、こう言っちゃなんだけど浅はかですよ」

「覚えておきます。ただ、こうしてあなたの考えを聞いたり反応を見たりするきっかけにはなりそうですね。私がすべて読んだのが、そんなに意外でしたか」

「……ティーンエイジャー向けの本ですから」

「おもしろかったです」

ほほえむ月岡を見つめながら、なるほどと思う。狩野の部下。特例としてここに座っているだけのことはあるというわけか。どんなふうに観察されているかと気になって、指一本動かすのにもためらいを覚える。パイプ椅子につながれた腰縄が強く意識された。

月岡は本の感想をしばらく語り、それから和菓子は好きかと尋ねた。彼の生家は和菓子屋だという。バックパックで海外を旅するのが趣味だったが、この仕事に就いたので新しい趣味を見つけなければならないという話も聞いた。それらの雑談に、俺は極めて注意深く対応した。だしぬけに、あるいはさりげなく、事件に関する話が差し挟まれることもあったが、それについてはほとんど黙秘を通した。

警察にとっては骨折り損の一日だったに違いない。しかし月岡は落胆も焦りも見せず、翌日もやって来てまた雑談を始めた。葉桜は仏頂面だが、特例取調官のやり方に口を挟まないところを見ると、もともとそんな顔なのかもしれない。

「ところで、エミリさんの事務所の方から伺ったんですが」

月岡が事件の話に舵《かじ》を切った。初対面だった昨日はペースを乱されかけたが、一晩たってこちらも心構えができている。

「あなたに『オニヨメ！』の主役を要求するにあたって、彼女はこう言っていたそうです。『高木カギは最終的にはあたしに逆らえない』」

じわりと体温が上がるのを感じた。俺は何のことかわからないという表情を作り、目で先を促す。

「どういう意味か、心当たりはありませんか」

「さあ、元カノの自信？　男は過去の恋愛を美化して保存する傾向があるっていうから。付き合ってたころは確かに、わがままもかなり聞いてやってましたよ」

「過去にあなたと交際していた方々に伺ったところ、そういうタイプではないと意見が一致したんですが」

そんな範囲まで聞き込みをしたのか。唇を舐《な》め、おどけた声を出す。

「えー、俺様タイプだとでも？　心外だなあ。まあエミリは特別だったかもしれません。芸能人と付き合うなんて初めてだったし、あのとおり男好きのするタイプでしょう。月岡さんは好みじゃないですか」

きれいな方ですね、と月岡は受け流した。

「エミリさんに弱みを握られていたのではないですか」

俺は笑みを顔に貼り付けたまま固まった。

「……弱み？」

「五年前の件です。あなたが被疑者の息子であること」

「そんなこと……」

「エミリさんは一時期、犯罪の加害者家族についてのドキュメンタリーを見たり、手記やルポを読んだり、たいへん熱心だったそうです。一時期というのは、あなたと交際していたころです」

よく覚えている。カギの力になりたいの、カギの気持ちをちゃんと理解したいの、とエミリは言ってくれた。本名よりペンネームのほうがいいと俺が言ったから、彼女は俺をカギと呼んでいた。

月岡は指示を待つ忠実な猟犬のように、じっと俺を見つめている。瞳《ひとみ》がくっきりと黒い。俺は逃れるように目を逸らしてため息をついた。

「話してしまったことを後悔してますよ。恋愛にいちばん浮かれてた時期で、俺は愚かにも自分から秘密を打ち明けたんです。殺人犯の息子だって」

「お父さんは被疑者死亡で不起訴になったんでしたね」

「捜査はそこで打ち切り。つまり父は警察によって犯人だということに決められたわけですよ。死者は裁判にかけられないから、本当のところはどうだったのかわからない。だけど死人に口なしです。本人が否認していようが物的証拠がなかろうが、警察にとっても世間にとっても、羽瀬倉幹雄は殺人犯でした」

「エミリさんはあなたを脅迫したんですね」

潮時だった。もう隠してもしかたない。俺は投げやりな態度でうなずいた。

「そのとおりです。主役をくれないなら秘密をばらす。要するにそういう意味のことを、表現を変えて何度もエミリは言いました」

「いつごろからですか」

「さあ、二度目の電話のときにはもう言われた気がするなあ。考えてみれば自然な流れですよね。でも、そのときは間抜けにも驚いたしショックでした」

ねえ、カギ。声優の甘い声が今も耳に残っている。あたしたちはずっと一緒って誓ったよね。なのにカギはこんなにうまくいってて、あたしは地獄にいる。ねえ、助けて。カギがいるところにあたしを引き上げて。そうじゃなきゃ、あたしのところへ来てもらうしかないよ。だって、ばらばらなんておかしいじゃない。一緒って誓ったのに。ねえ、あのことを暴露したら、カギはこっちへ来てくれるよね。ねえ、恭……。

あのとき初めて、殺意というものを実感した。電話の向こうにいる女の首を両手で締め上げ、その声ごと握りつぶしてやりたいと思った。

「あなたはどう対処するつもりでしたか」

「殺すしかないと思いました」

俺はにやりと笑ってみせた。月岡の表情は動かない。

「そういう動機を想定してるんでしょう。認めますよ、確かに俺にはエミリを殺害する動機がある。白状すると、実際に殺意を抱きもしました。諦めて要求を呑んだところで、それで終わりとは限らないんですから。彼女は何だって、いくらだって、俺に要求することができる」

父が殺人犯であるかぎり。俺がその息子であるかぎり。

「だけど殺してはいません。やはりなんとかしてわかってもらわなくてはと、あの夜、会って話すことにしたんです。甘かった。思ってた以上にエミリは病んでて、最終的には脅ししか口にしなくなりました。秘密をばらすとか、死んでやるとか」

「常套句《じょうとうく》ですよ。電話でもしょっちゅう喚いてたけど、真に受けたことはありませんでした。本気で自殺する気なら、黙ってさっさと実行すると思ってたんです。父がそうしたように。でもエミリが自殺したんだとしたら、それって俺のせいなんですかね。俺、人殺しですか？　狩野と同じ？」

葉桜が眉《まゆ》を寄せたが、月岡は挑発に反応しない。

「その夜、口論になったとき、手が出るようなことはありませんでしたか」

「俺がエミリに暴力を振るったっていうんですか？」

「あるいは物に当たったとか」

「ないですよ。言葉がきつくはなったけど、そういうのはありません」

「でも、午後十一時ごろエミリさんの部屋で大きな物音がしたと、下の部屋の住人が証言しているんです」

ひやりとした。小型カメラを回収しようとして、うっかり本を落としたときの音だ。

「よその部屋だったんじゃないですか。このとおり非力な作家なんで、体を使うのは苦手なんですよ」

一瞬口ごもったあとにそう言ってから、しまったと思った。エミリが物に八つ当たりしたと言えばすんだのに。自分が慌てているのを自覚して、ひとつ息を吐く。

その小さな失敗を最後に、俺はまた黙秘を選んだ。無言のまま日がたつにつれ、体は徐々にやつれていった。もともと体力があるほうではないから、鉄格子の嵌《は》まった留置場で眠り、手錠と腰縄を付けられて取調室へ連行される毎日は、過酷な取り調べがなくてもそれだけできつい。

俺の殺意を示す情報を、警察はいくらでも見つけてきた。誰かがあいつを始末してくれたら裁判費用くらい気前よく払ってやるのにな、とは俺が行きつけのバーで漏らした言葉だ。作家仲間との飲み会でも、つきまとってくるたちの悪い女を殺してやりたいと発言している。家宅捜索で押収されたパソコンの削除されたデータを復元したところ、殺人や毒物、警察の捜査に関する資料がいくつもあった。

少しずつ、着実に、状況証拠が積み上がっていく。埋もれて身動きが取れなくなるのは時間の問題だ。否認する声はどこにも届かなくなるだろう。

起訴という言葉が日に日に現実味を帯びてきた。想像すると全身がぶるぶる震えた。もうその日は近い。

翌日は取調室の空気が違っていた。さては、いよいよか。口もとをぎゅっと引き締め、足を踏み入れる。

室内に三人の男の姿を認めて、俺はちょっと立ち止まった。月岡と葉桜、それにもうひとり。

取調官の椅子に座ったその男には見覚えがあった。入り口に背を向ける位置だが、机に頬杖《ほおづえ》をつき、上体をひねってこちらを振り向いている。記憶にある姿よりいくらか老け、髪が長くなっていた。

「狩野雷太……なんでここに」

父の一件では多くの警察官が責任を問われ、取り調べを担当した狩野は捜査一課から地域課へ異動になった。人を死に追いやるような男だから、おそらく他にも原因はあったのだろう。配属先の交番へ、俺は一度だけその顔を見に行った。人を食ったようなにやけ面で、警察官の制服がまるで似合っていなかった。

「自分で呼んどいて、なんでってことはないだろ」

今、答える顔に笑みはない。くたびれたスーツのジャケットを脱いで椅子の背に引っかけている。傍らに月岡が立ち、葉桜は俺にもの言いたげな顔を向けつつ出ていった。このタイミングで狩野が現れたのは、いよいよ俺に引導を渡すためか。

その視線を目で跳ね返しながら、向かいに腰を下ろした。眼鏡を外し、スウェットの裾でレンズを拭く。貸与品ではなく、やる気も能力もなさそうな弁護士を通して、母が差し入れてくれた着心地のよいスウェットだ。

「君の調書を読んだよ」

狩野は机上の書類を手に取り、軽く振ってみせた。

「君は犯人だ」

いきなりの断言に、俺は目を見開いた。不意打ちのような衝撃のあと、一拍遅れて言葉が脳に浸透する。

君は犯人だと狩野は言った。犯人だと！

ついにこのときが来たのだ。俺は殺人罪で起訴される。心臓が激しく鼓動し、体が震えはじめる。

俺は──勝った！

机の下で強く拳を握った。この瞬間をどれだけ待ちわびたことか。プロットどおりだ。警察じゃない、これは俺のプロットなのだ。込み上げる笑みを抑えきれずにさりげなく下を向く。

その耳に、思いがけない言葉が届いた。

「ただし、殺人罪じゃなく偽計業務妨害罪の」

俺ははじかれたように顔を上げた。何を言われているのかわからず、狩野の顔を穴が開くほど見つめる。やはりその顔に笑みはなく、むしろもの憂げに見える。

「勝ったと思った？」

「え……」

「ここに入ってきたときから、そういう顔してたよ」

じわりと冷たい汗がにじんだ。緩んだ拳の隙間から何かがこぼれ落ちていくようで、慌てて力を入れ直す。

「いったい何を……」

「君は詩杜エミリこと森田えみりを殺してない」

俺は絶句した。無理に上げようとした口角が痙攣《けいれん》するように震える。

「エミリちゃんの命を奪った青酸カリは、彼女自身が入手した可能性が高いってことが、君を逮捕したあとでわかったんだ。エミリちゃんは八月の終わりに故郷の親戚《しんせき》を訪ねてる。その親戚は工場を経営していて、業務で青酸カリを扱っているものの、管理がずさんで持ち出されたことに誰も気づいてなかった」

エミリの故郷がどこなのか、聞いた気がするが覚えていない。たしかかなり遠方の田舎だったはずだ。彼女の葬儀はそこで営まれたのだろうか。

急に渇きを覚えて、水を要求した。月岡が応じて取調室を離れる。

「このことで、消えかけていた自殺説がにわかに勢いを盛り返した。君は毒物について調べたようだから知ってると思うけど、そもそも青酸カリには独特の味とにおいがあって、気づかれずに飲ませるのは難しい。力ずくで飲ませたなら、抵抗されて争った形跡が残りそうなもんだ。でも、現場にそんなものはなかった。とはいえ、やはり自殺と考えるには不自然な点が見られる。それに青酸カリを隠し持っていたことを筆頭に、君の行動は明らかに不審だ。動機も状況証拠もある。捜査員の心証も悪い」

無機質な室内に狩野の淡々とした声だけが響く。

「詩杜エミリはみずから青酸カリを飲んで自殺したのか、詩杜エミリが入手した青酸カリを使って君が殺害したのか。どちらの説にも一理あって、どちらの説にも説明のつかない部分があった。だが問題は、我々がすでに君を逮捕してしまっていたということだ。もし間違いなら、誤認逮捕したということになる」

狩野は机の上で緩く両手を組んでいる。誤認逮捕という言葉を口にするときにも、声の調子に変化はなかった。

「そこまでの経緯を俺は葉桜から聞いた。君が狩野雷太との面会を要求していて、県警には特例として応じる意思があるということも」

警察はなんとしても俺の口を開かせたかったということか。それだけ冤罪《えんざい》の可能性を恐れたのだろう。お笑い草だ。

「まいったよ、断っても断ってもしつこくて」

狩野は首筋をほぐすようになでた。

「見かねたみっちゃんが、何か力になれることはありますかって訊いてくれてさ。君が俺を指名した理由が引っかからないわけじゃなかったし、みっちゃんなら俺の代理として適任だって、葉桜に上とかけ合ってもらったわけ。あ、みっちゃんって月岡ね」

ちょうど月岡が戻ってきた。俺は受け取った水を勢いよく喉に流し込んだ。少しこぼれたのを手の甲でぐいと拭う。

「みっちゃんが君と話してる間に、君のお母さんに会ってきたよ」

手のなかで水がちゃぷんと音を立てた。

「五年前のお父さんの事件のときには接する機会がなかったんだけど、雰囲気のある人だね。陶芸家だったんだって？」

粘土で汚れた指先がふいに脳裏によみがえった。父の死後は生まれ故郷の静岡に引っ越して、陶芸教室を細々と営んでいる。

「どうして母に……」

「君が俺に会いたがる理由なんて、お父さんの事件がらみしかないだろ。今回の事件と五年前の事件は明らかに関連がある」

月岡が取り調べをしている間に、裏で狩野が捜査をしていたというのか。

「羽瀬倉恭くん。お父さんの事件について、君はずっと納得できずにいたんだね」

瞬間、発火するような怒りが芽生えた。どの口でそれを言うのか。

「父を知ってる人間で、本当に納得してる人なんかいませんよ」

「お母さんは納得してくれてたよ。お父さんが罪を犯したということ自体は事実なんだろうって」

俺は鼻で笑った。

「納得せざるをえない状況に追い込まれてただけですよ。突然、加害者家族にされて、母は疲れきってた」

「事件に関して当時は語らなかったことを、お母さんは語ってくれたよ。お父さんと吉田一沙のことだ」

吉田一沙。父が殺したとされる被害者だ。神倉美術大学の四年生で、父の教え子だった。俺もカンビにはときどき出入りしていたから、彼女の輝かしい賞歴は耳にしていた。変人だという話も同じくらい聞いた。

「一沙は羽瀬倉家を何度か訪れてたんだそうだ。羽瀬倉幹雄の自宅のアトリエを」

初耳だ。そのころ俺はひとり暮らしをしていた。

「お母さんもさすが芸術家だねえ。おもしろいことを言ってたよ。夫は彼女に喰《く》われているようだった、って」

「何ですか、それ」

「一沙が帰ったあと、幹雄は決まって極端に食が細くなった。体力や気力や、そういう生きるエネルギーをごっそり持っていかれたみたいに。一沙はそれほどに影響を与える存在だったってことらしい。お母さんの見るかぎり、幹雄は一沙に対して特別な感情を抱いてた。強い強い執着を」

「まさかあのくだらない噂のことを言ってるんじゃないでしょうね」

父と吉田一沙が不倫関係にあり、あまつさえ一沙が父の子を妊娠したという噂が、事件前から学内で流れていた。もちろん妊娠などしていなかった。

「恋愛感情かどうかはわからないって、お母さんは言ってたけどね」

「ありえませんよ、あんな女」

何度か姿を目にしたことがあるが、髪がぐしゃぐしゃだったという印象しか残っていない。報道された写真を見ると、地味な目鼻立ちの青白い顔に、頭の悪そうな表情を浮かべていた。

「実は俺も別件で会ったことがあるんだけど、独特の世界を持ってる子だったな。ふたりの間には、天才と呼ばれる芸術家同士にしか通じない何かがあったのかもね。『わたしが先生を完成させる』――一沙が君のお母さんに告げた言葉だよ。楽しみでたまらない様子だったって。お母さんには意味がわからなかった。でも、この子はそうするだろうと思ったそうだ」

俺は知らず首を横に振っていた。

「当時の警察の聴取でも、お母さんは最初はそういうことを語ろうとしたんだそうだ。でもどんなに言葉を尽くしても、理解してはもらえない。不倫、痴情のもつれ、そんな単純化されたストーリーに当てはめられてしまう。だから諦めたんだ。もうそれでかまわない、夫が一沙を殺害した事実は変わらないんだからって」

俺と母の認識は違う。もちろん警察とも違う。

父は、羽瀬倉幹雄は、吉田一沙など足もとにも及ばない本物の天才だった。そして、どのような形であれ人間に執着するタイプではなかった。おそらく母よりも俺よりも、自分のなかにある芸術を愛していたのだ。表面上はうまく隠していたが、幼いころから父を見て育った俺は気づいていた。そんな父との関係が俺は嫌ではなかった。

その父が、多少は才能があったらしいいかれた女につきまとわれていたというだけの話だ。父のほうから彼女に向ける強い感情などない。つきまとわれて邪魔だと感じていたかもしれないが、そんなことのために人を殺すものか。

父には一沙を殺す動機がない。動機なく人を殺す人間もいるだろうが、父はそういう人間ではなかった。だから、父は一沙を殺していない。俺は警察を信じない。

ごくごくと喉を鳴らして水を飲む。なぜだろう、飲んでも飲んでも渇く。

「お母さんに頼んで、君の私物を見せてもらったよ。君という人間を知る一助になるかと思ってね。息子さんは殺人を犯していない、それを明らかにするための捜査だと言ったら、お母さんは積極的に協力してくれた」

はっとして狩野を注視した。転居後の母の住まいに俺の私物なんてほとんどないはずだが、まさか。

「いやあ、高木カギって人気あるんだねえ。あのファンレターの量には驚いた」

心臓に触れられたようだった。妙に長い狩野の指が、俺の急所にかかっている。やみくもに振りほどきたいのをこらえ、懸命に平静を装う。

「マンションに置ききれないんで、母に預かってもらってるんです」

「全部とってあるの？」

「今のところは」

「繰り返し送る熱心なファンもいるんだね。同じ差出人の名前を何度も見たよ」

ぎょっとした。何百通もあったはずなのに、わざわざ確認したのか。

「たとえば、吉田二季ちゃん」

反応すまいとして、かえって不自然な無表情になったかもしれない。飲んだ水が冷たい汗に変わって背中を流れる。警察は当然、把握しているはずだ。吉田二季が吉田一沙の妹であることを。

デビューしてすぐ、初めてファンレターをもらったときは見すごした。何度かもらううちに、吉田一沙に似た名前に気がついた。住所を確認すると、配慮のない報道やネット上の野次馬によって暴かれた、吉田一沙の実家のものと一致していた。二季は癒《い》えない悲しみを抱えていて、高木カギの小説に勇気づけられていると綴《つづ》っていた。

「吉田二季からの手紙は六通あった。悪いけど読ませてもらったよ。君は彼女に返事を書いてたんだね。やりとりを重ねるごとに、二季ちゃんが君に、高木カギに心を開いていくのがよくわかったよ。もともとファンだったのに加えて、君が巧みに、かつ慎重に促したんだろう。家族に起きた悲劇と自分の心情を、彼女は徐々に打ち明けていった」

姉を殺した真犯人は別にいると思う——その一文を読んだときの感動は忘れられない。被害者の妹が、俺の父は犯人ではないと言っている。

俺は二季にメールアドレスと電話番号を教えた。ファンレターは編集部で内容をチェックされるので、個人的につながりを持つ必要があった。本当はその時点で、彼女からの手紙を処分すべきだったのだ。だがそうしたくなくて、木を隠すなら森にと、他のファンレターに交ぜて母のところへ送った。

「二季ちゃんにも会ってきた。姉の年齢に追いついてしまいました、って言われたよ。

五年前の事件当時から、彼女は羽瀬倉幹雄が犯人だってことに懐疑的だった」

当時、高校生だった二季は、事件の直前に一沙のところへ遊びにいっていた。何泊かして、行ってみたかった秋葉原へも足を延ばしたのだと聞いている。

『お姉ちゃんは羽瀬倉先生のことをたくさん話してくれました。お姉ちゃんの言うことってわたしにはたいてい理解できないんだけど、先生への強い想いは伝わりました。尊敬とか恋愛とか、どの言葉がふさわしいのかわかりませんけど。先生は本当にお姉ちゃんを理解して大切にしてくれてるんだなって思ったんです』

そのときのことについて、二季はそんなふうに俺に語った。だから羽瀬倉先生がお姉ちゃんの命を奪ったなんて信じられなかった、と。羽瀬倉幹雄が自殺し、警察の非人道的な取り調べの実態が報道されて、その気持ちはいっそう強くなったという。

そんな二季にとって、高木カギが羽瀬倉恭であったことは、天啓のようだった。吉田一沙の妹と、羽瀬倉幹雄の息子。その人生が奇跡的に交わり、しかもふたりともが同じ考えを持っている。神様か何かが真実を示してくれているのだと思ったそうだ。その気持ちは俺にもよくわかる。幹雄と一沙の人物像および関係性の解釈は異なっていたが、それは些末《さまつ》な問題だった。

「いい共犯者を見つけたもんだね」

言いながら机の上に置かれたものを見て、息が止まった。ビニール袋に入れられた、サイコロのような超小型カメラ。エミリの部屋の本の隙間にしかけておいたもの、あの夜の一部始終を撮影したものだ。回収して二季に預けてあった。

「事件の夜の十一時ごろ、エミリちゃんの部屋で大きな物音がしたっていう証言があった。そのことに言及したとき、君の様子がいつもと違ってたって、みっちゃんが報告してきたんだわ。触れてほしくないように見えたって」

あのときか。俺の動揺を月岡は正確に見抜いていたのか。

「俺、みっちゃんの目はかなり当てにしてるんだよね。それで物音のことを念頭に、改めてエミリちゃんの部屋を調べてみたら、本の並びが変わってることが判明したんだ。訪ねたことがあるっていう友達が証言してくれてね」

「俺が訪ねたとき、エミリの本棚はぐちゃぐちゃでしたよ」

いいえ、と月岡が口を挟んだ。

「『絶対領域戦線』シリーズのうち、三巻だけがあったのを覚えていませんか。表紙のイラストを思い出してみてください」

急にそんなことを言われても、頭がうまく働かない。月岡はしばらく待ってから、少し悲しそうな目をして続ける。

「ライトノベルにしろ漫画にしろ、エミリさんは自分が演じたキャラクターが表紙の巻だけを、ラックに並べてあったんです。他の巻は収納ボックスにしまってありました。『オニヨメ！』の一巻もラックにありましたが、表紙は彼女が演じるつもりだったヒロインですよね。友達が本人から聞いたところによると、並べ方はキャラクターの好きな順だそうです」

　本当に頭が働かなかった。月岡の言葉に従って、脳がエミリの本棚を再現しようとするが、水底《みなそこ》から見る風景のようにぼやけた映像にしかならない。『絶対領域戦線』と『オニヨメ！』がどこに並んでいたかもわからない。

「汚れてないよ」

　狩野が俺の手の動きを見て言った。俺は無意識に眼鏡を外して拭こうとしていた。

「物音はおそらく本が落ちた音で、それは十一時ごろだった。君はそのことに触れてほしくないようだったというから、落としたのは君だろう。すると部屋を出る直前だ。そのころエミリちゃんは泣いたり喚いたりしてて、君もきつい言い方で応戦してた。まさかそんな状況で読書をしようとしたわけはないし、君は暴れてはいないという。じゃあ、なぜ本を落としたのか。指紋を拭き取ろうとしたとか？　あるいは、本以外のものを取ろうとした？」

　一気に語った狩野は、小型カメラの入ったビニール袋を目の高さまでつまみ上げた。

「こんなちっこいカメラがあって、しかも一般人が手に入れられるんだねえ。おじさん、ついてけないわ。二季ちゃんが渡してくれたとき、カメラとはわかんなかったもんね」

「どうして二季が持ってると……」

「単に仮定を重ねただけだよ。君が本棚から何かを持ち去ったとしたら、それを処分せずに保管するとしたら、どこに隠すのが安全だと考えるだろうってね。二季ちゃんに鎌かけてみたら、当たりだったってわけ」

「彼女に何をしたんだ」

俺は伸びすぎた前髪の隙間から狩野をにらんだ。二季が簡単に裏切るとは思えない。拷問に近い取り調べで父を自殺に追い込んだように、彼女のこともひどいやり方で追いつめたに違いない。

「二季ちゃんは、君がすでに自供したと思って観念したんだよ」

「騙《だま》したのか」

「そんなことしてない。そんなふうに聞こえたかもしれないけどね」

しゃあしゃあと言ってのける狩野に、唾《つば》を吐きかけてやりたかった。強い怒りと軽蔑《けいべつ》が混じり合って、妙に頭の芯《しん》が冷えている。

「撮影された映像を見たよ。エミリちゃんが自殺する様子が映ってた」

あの夜、エミリの部屋へ招かれた俺は、彼女がアイスティーを用意している隙に小型カメラをしかけた。エミリが枕営業をしているという事実を、会話を誘導することによって認めさせるつもりだった。こちらも彼女の弱みを握れば、脅迫から逃れられる。

まさかエミリが自殺するなんて思ってもみなかった。心の病がそうさせたのだろうが、声優としての未来に絶望してのことなのか、自分を見捨てた俺に対する復讐《ふくしゅう》だったのか、今でもわからない。俺はただただ驚愕《きょうがく》して、エミリがもがき苦しんで死んでいくのを見ていた。

そして、この計画を思いついた。

狩野がカメラを机に戻した。

「自分の無実を証明できるこの証拠を、君は隠した」

「エミリのあんな最期を他人の目に触れさせるのは、あまりに忍びなくて」

「だったら二季ちゃんに預けとくことはないよね。処分すればいい。必要だったんだろ、君が誤って殺人犯として起訴されたあとで」

何もかもお見通しというわけだ。俺が起訴されたら、二季がカメラを母の家に隠す手《て》筈《はず》になっていた。俺は弁護士を通じて母にこう告げる。実は俺の無実を立証する証拠を母さんの家に隠してあったんだ。できれば表に出したくなかったし、そんなものがなくても俺は本当にやってないんだから大丈夫だと思ってたんだけど。警察は母の家を捜索していたかもしれないが、そのときには発見できなかった証拠が、かくして裁判の場に登場する。

「君の狙いは、警察による冤罪の被害者になることだ。そして、それを白日の下にさらすことだ。そのためにエミリちゃんの自殺を他殺に見せかけようとした。犯人が殺害現場をそのままにしとくのは不自然だと考えて、自殺に偽装しようとしたみたいな状況を作ったんだろ。さらに防犯カメラに姿を映したりして、自分に容疑が向くようにしておいた。極めつきにエミリちゃんが服用した青酸カリの残りを持ち帰り、まんまと逮捕させたんだ。パソコンにあった物騒な資料や閲覧履歴は、小説のためのものだったんだね。

捜査員が編集者に聞いてきたよ。死者を軽んじる発言をしたり、捜査員に対して挑発的な態度をとったりしたのもわざとだよね。怒らせることで、非人道的な扱いを引き出そうと狙って」

父と子の二代にわたって殺人事件の冤罪の被害者になる。あまりに不幸なその偶然は、世間の注目をおおいに集めるだろう。神奈川県警のずさんで人道にもとる捜査が大々的に暴かれる。正攻法で訴えるよりも効果ははるかに大きいに違いない。五年前の事件にも疑問が投げかけられるはずだ。今回の取り調べも同様にむごいものであれば、そして担当者が同じく狩野であれば、なおよかったが。

「みっちゃんは都合の悪い相手だったね。我慢強いっていうか、あんまり我慢を我慢と思わないタイプだから」

「すっかり騙されましたよ」

俺は月岡を見て笑ってみせたが、口もとが歪《ゆが》んだだけだったかもしれない。俺を揺さぶって観察しながら、上司がすべてを解き明かすまでの時間稼ぎをしていたとは。

「大久保恭、偽計業務妨害罪で改めて逮捕する」

狩野の通告に、俺は冷笑で応《こた》えた。

「あんたたち警察に、俺を糾弾する資格があるのかな」

言葉にしたとたん、急に内臓を焼くような怒りが込み上げる。口もとの歪みが顔じゅうに広がるのがわかった。

「五年前に父が死んだあと、俺と母がどんな人生を歩んできたか想像がつくだろ」

俺たち一家に向けられた表情も、そこらじゅうに殴り書きされた罵詈《ばり》雑言も、母がやつれて泣く姿も、まぶたの裏に刃物で刻みつけられたかのようにはっきりと思い出せる。

「二季だって同じだよ」

被害者遺族もまた、心ない報道と嫌がらせの餌食《えじき》になった。吉田一沙の特異なキャラクターや、被疑者との不適切な関係の噂が災いしたのだろう。天才と呼ばれていい気になっていたからだ、不倫なんかしていたからだ、という手紙が届いた。真犯人は自分だというたずら電話もあった。一沙の生まれ育った家を離れたくなかった遺族は、カーテンを閉めきり、郵便受けをガムテープで塞《ふさ》ぎ、電話線を抜いた家の中で耐えるしかなかった。そういうことはしだいに減って今ではまったくないが、それがまた悔しいのだと二季は言う。世間にとっては一過性の刺激的なエンターテインメントにすぎないのだ。自分たちにとっては何も終わっていないのに。

「みんな警察がちゃんと事件を解決できなかったせいだ。被疑者死亡で不起訴なんて解決なもんか。それで認定される事実っていうのは、状況証拠からあんたたちが組み上げたものにすぎない。少なくとも動機は、心の問題は、被疑者本人が語るほかないじゃないか。俺や二季はその部分が信じられなかったから、羽瀬倉幹雄が犯人だってことも、どうしても納得できなかったんだ」

痴情のもつれだろうって刑事に言われたんです、と二季は宙をにらみつけた。お姉ちゃんはそんなわかりやすい人じゃない。ただテンプレのストーリーに当てはめて満足してる警察なんて信用できない。

「おまえらだよ。おまえら警察の罪なんだよ！」

内臓を焼いた熱が脳にまで達し、頭がくらくらする。まばたきすらせず狩野を見ているのに、どんな顔をしているのかわからない。

「五年前の真相を明らかにしたかったのか」

はっ、と俺は嘲《あざけ》るように息を吐いた。

「今さら真相が明らかになるなんて期待してない。ただ、羽瀬倉幹雄犯人説にひびを入れられればよかったんだ」

羽瀬倉幹雄の息子だと世間に知られれば、理不尽な中傷を浴びもするだろう。覚悟の上で、賭《か》けに出た。勝ったとしても負債を負う賭けだが、今のまま生きるよりはずっとましだった。

「どんなに努力しても、自他ともに認める成功をつかんでも、俺は満たされない、幸福だと思えない。そう気づいてしまったときの絶望と空虚がわかるか」

エミリに脅されて気づいた。俺はただ堂々と生きたかった。びくびくせずに顔を出して本名を名乗りたかった。自分が手に入れた成果を余すところなく味わい、確かな幸福を実感したかった。殺人犯の息子じゃない。俺は俺の人生を生きたい。

自分の呼吸がひどく荒いのに気づいて、唇をかんだ。それでは足りなくて、顎《あご》の骨が軋《きし》むほど歯を食いしばった。警察官たちの沈黙が癇に障る。これだけ言っても何も感じないのか。父を死なせたときと同じに、ただ黙ってやり過ごすつもりか。

ふいにばかばかしくなった。風船の空気が抜けるように全身の力が抜ける。何を熱くなっているんだろう。もともとこいつらに心情を吐露するつもりなんてなかったのに。わかるはずがないし、わかられたくもない。

俺は両手を机の上に投げ出した。偽計業務妨害罪とやらでさっさと逮捕すればいい。そう言おうとしたとき、突然、狩野が深く静かに頭を下げた。

「――すまなかった」

耳を疑った。今、何て？　息を呑む俺に向かって、月岡も、扉の外で待機していたらしい葉桜も入ってきて、頭を下げる。

「君のお父さんを死なせてしまったこと、そして被疑者死亡という形で事件を終わらせてしまったこと、申し訳なかった」

真摯な言い方だった。感情を押し殺しているようにも聞こえる。ずっと軽薄な口調ばかりを聞かされてきたから、俺はひどく戸惑った。目の前の光景が現実とは思えない。

何も言えずにいるうちに、警察官たちは頭を上げた。

「ただ、吉田一沙を殺害したのは、間違いなく羽瀬倉幹雄《かが》だった」

なぜそう言えるのかと訊く前に、狩野は机の下に身を屈め、足もとに置いてあった段ボール箱を抱え上げた。

「五年前の捜査資料の一部だ」

机に載せる音が心臓に響く。葉桜が狩野に何か言いかけてやめた。いぶかる俺から狩野は目を逸らさない。

「二十二歳の未来ある若者が、殺害された上に遺体を焼かれた。油をかけて焼かれた遺体は黒焦げで、生前の面影をまったく留《とど》めていなかった。彼女の遺作となった絵も、日の目を見ることなく焼失した。この残虐な犯行に対し、捜査員は全力を尽くした。状況証拠しかなくても、十、百、千と積み重ねたら真実が浮かび上がる」

俺はそろそろと段ボール箱に視線を移した。父、母、二季の顔が脳裏をよぎる。うまく吸えない息を無理に深く吸い、立ち上がって箱の中をのぞき込む。

束になった写真が目にとまった。吉田一沙の生前の写真だ。地味な目鼻立ちに、ぐしゃぐしゃの頭。小柄で痩《や》せていて色が白い。おずおずと手に取って見ていくうち、ふと気づいた。体格のわりに腕だけがいやに長い。胸騒ぎがした。写真を繰る手が速くなる。

「捜査の九十九パーセントはこつこつ足で稼ぐ仕事で、落とすっていうのは最後の一パーセントだ。その一パーセントを俺は失敗した。最後の取り調べのあと、羽瀬倉幹雄は何かつぶやいたようだった。『去るのは私だ』——ほとんど聞き取れなかったけど、そう言ったんじゃないかと思う。自殺をほのめかしてたとしたら、気づくべきだった」

俺の動きがぴたりと止まったことを、刑事たちは不審に思わなかったようだ。視線が写真の一点から離れなくなったことも。

ああ、そうだったのか。父さん、あんたは——。

俺は写真を箱に戻し、狩野と目を合わせた。ずいぶん長いこと呼吸をしていなかった気がした。鉛を飲んだように胸が重く、体のどこか内側がひりひりと痛む。

狩野と葉桜の罪の意識はたぶん本物だ。そして、俺には彼らを解放してやることができる。

一瞬だけ迷った。だが、やはり何も言わないことにした。

今日のところは留置場に戻されることになり、再び手錠をかけられたところで、月岡が変わらない穏やかな調子で言った。

「高木カギさんの小説、本当におもしろかったです。どのキャラクターも自分の力で立とうとするところが好きです」

俺は取調室を出る直前で足を止め、振り向かずに少し笑った。

「警察の言うことなんて信用できませんよ」

「さあ、先生」

差し出された二本の腕を、私は呆然《ぼうぜん》と見下ろした。静脈が透けて見える白い裸身。吉田一沙は全裸で私を待っていた。

今夜、最高傑作が完成すると言って、一沙は私を深夜のアトリエに呼び出した。しかし壁に立てかけられた三枚の絵は、すでに完成しているように見えた。少なくとも私の目は、これ以上、手を加えるべきところを見つけられなかった。色彩の異なる三枚の抽象画が表現しているのは、それぞれ別のものであり、すべて同じものだ。師弟愛、同志愛、恋愛だと彼女は言った。

どれほどの時間、そこに立ちつくしていただろう。私は絵に呑まれていた。まるで蛇に丸呑みにされたように。五感のすべてで蛇の体内だけを感じる。粘膜に全身をぴたりと覆われ、何も見えず、聞こえず、身動きも取れない。凄まじい恐怖だった。自分が溶かされ消えていく。それはこの上ない快感であり、至福の境地のなかで私は死んでいく。求め続けた理想の美に包まれ、

アトリエ内は真昼のように明るく、私の恍惚《こうこつ》と絶望を照らし出していた。あるいは、賞賛と嫉妬《しっと》を。愛と憎しみを。

「先生がしたいことをして」

いつのまにか私の手には彫刻に使う金槌《かなづち》が握られていた。一沙に渡されたのかもしれない。作業台に載せられた二本の腕を、私は呆然と見下ろした。私がしたいこと。私には作れないものを作り出すこの手を、私は。

さあ、先生。一沙の声に導かれるように、私は金槌を振り下ろした。何度も何度も。折れた骨が皮膚を突き破り、血にまみれた歪な塊と化しても、さらに何度も。

一沙は両腕を前に投げ出すようにして床にくずおれ、無理に首をねじって私を見上げた。その顔は汗にまみれ、両目からは生理的な涙がこぼれていた。全身が波打つほど荒

い呼吸のせいで、ひいひいと耳障りな音がする。

「ほらね、先生、完成だよ」

一沙は笑っていた。痛みのためだろう、デッサンの狂ったような笑顔だ。

「わたしの卒業制作にして、最高傑作。テーマは、先生の心だよ。師弟愛、同志愛、恋愛……そして、ね？　先生がわたしの手を粉々に叩き潰すことで、今この作品は完成したの。それに、先生も」

私の手から金槌が滑り落ちた。全身が粟立《あわだ》ち、震えている。三枚の絵だけでなく、腕を潰された彼女と潰した私まで含めて、すべてが一沙の作品だというのか。

一沙は私の心を見抜き、炙《あぶ》り出した。そう、私は知っていたはずだ。彼女が人間の本質を暴く目を持っていることを。その素晴らしさと恐ろしさを。自分も暴かれてしまうかもしれないと、ひそかに怯えていたのではなかったか。もうずっと前から、私は蛇の腹の中にいたのだ。

「先生も喜んでくれるでしょ。二人で完成させたんだよ。愛の結晶だよ。これを作れたから、わたしはもう何も作れなくてもいい。わたし、今、最高に幸せ」

満面の笑みだった。心から満ち足りているのだとわかった。

思い知らされる。同じく天才と呼ばれても、吉田一沙と自分とはまったく違う。

私は一沙の首に両手をかけた。覆いかぶさる恰好で体重を乗せ、喉を握り潰すように全力をこめた。一沙は苦しさに身悶えしたが、抵抗はしなかった。

息を切らして、動かなくなった白い裸体を見下ろす。私の心を抉《えぐ》り出した腕。砕いてもなお私の心を握ったままでいる。

私は物置からストーブ用の灯油を持ってきて死体にかけた。腕には特にたっぷりとかけた。三枚の絵にもかけねばなるまい。吉田一沙の最後の作品は、羽瀬倉幹雄の心は、燃えてなくなるのだ。

だが、炎に包まれるアトリエを見た時にふと思った。これは本当に私の意志なのか？私に首を絞められながら、一沙は抵抗しなかった。それどころか笑っていた気がする。殺され焼かれることまで、彼女の作品なのだとしたら……。

その日から私は、自分の作品を可能な限り破壊していった。一沙によって暴かれた羽瀬倉幹雄という人間を、私は嫌悪していた。羽瀬倉幹雄が生み出した作品を目にしたくなかったし、人の目に触れさせたくもなかった。

そんな私の行動は、周囲の人々には奇異に映っただろう。実際、私はおかしくなっていたのかもしれない。最後の一沙の笑顔が目に焼きついて消えない。私はそれを醜悪だと感じ、たとえようもなく美しいと感じる。焦がれるように、昼も夜も彼女を想う。

逮捕され、取り調べを受けている時でさえそうだった。おそらく私の心は一沙に持っていかれてしまったのだ。私は永遠に吉田一沙の作品の一部であり、吉田一沙の世界でしか生きられない。そこから逃れたいのか、彼女のいないこの世界をこそ捨てたいのか、もはやわからなかった。はっきりしていることは一つだけだ。

「サロメは私だ」

サロメは死なねばならない。

キーボードを叩く手を止めて、俺は軽く息を吐いた。

偽計業務妨害罪で逮捕されたものの、逃亡の恐れなしとしてすぐに自宅へ帰された。起訴されるのかどうかはわからない。殺人罪での誤認逮捕については、警察が陳謝するという形になりそうだ。そうなれば、さらに身辺が騒がしくなるかもしれない。

伸びすぎた前髪を払い、コーヒーを入れようとキッチンへ向かう。リビングに飾った石膏像が目に入り、足が止まった。女の両腕をかたどった作品の名は『サロメ』。父が制作し、俺に譲ったものだ。

去るのは私だ——狩野からその言葉を聞いた瞬間、すべてがわかった。取調室で見た吉田一沙の写真に答えはあった。

父はこの『サロメ』を、吉田一沙の腕をモデルにして作ったのだ。吉田一沙の腕を作り、それに『サロメ』と名付けたと言うべきか。俺が毎日見ている石膏の腕と、写真に写った一沙の腕はそっくり同じだった。長さも太さも肘《ひじ》も手も指も爪も、実物をそのまま固めたようだった。よほどつぶさに観察して作ったのだろう。

父から作品名を聞いたとき、なぜ腕だけなのか不思議だった。両手で何かを持つような恰好をしているにもかかわらず、斬り落としたヨカナーンの頭部の像はない。それがなければサロメだとわからないのに。理由を尋ねた俺に父は答えた。これはサロメではない、と。

当時はわけがわからなかったが、今ならわかる。この石膏の腕は、サロメの腕ではないのだ。サロメに対して捧《ささ》げられた、一沙の腕。サロメはヨカナーンの首ではなく、吉田一沙の腕を欲した。自分には作れないものを作り出す、愛しくて憎い腕を。サロメは私だ――自殺の直前、父はそう言ったに違いない。

父の心を一沙は見抜いていた。そしてあの夜、みずから父に腕を捧げた。一沙は父に心酔しており、恋愛感情をおおっぴらに口にしていたという。卒業制作について「わたしと先生の愛の結晶」という言い方をしていたそうだし、母に告げた「わたしが先生を完成させる」という言葉もある。

サロメがヨカナーンの首を斬らせたように、父は一沙の腕をつぶした。一沙の遺体は死因も特定できないほどに黒焦げだったが、腕の損傷が特に激しかったと、当時聞いた覚えがある。腕に特別な執着があったからこそだと考えることに、さほど無理があるとは思えない。

事件のあと、父は自分の作品を手当たり次第に壊していた。身近にあったものでただひとつ破壊を免れたのが、この『サロメ』だ。父は本物の一沙の腕を壊した。それゆえに、作りものであっても再び彼女の腕を壊すことはできなかったのではないか。

戯曲のサロメは継父である王によって処刑される。だが日本の法律では、ひとり殺しても死刑になることはほとんどない。だから父はみずから死を選んだのだ。狩野に殺されたのではなく、ただ自分の心に殉じた。

もちろんすべては俺の想像にすぎない。一沙の絵が実際には何を表現したものだったのかすら、誰にもわからないのだ。

グアテマラを入れて書斎に戻ると、スマホが鳴っていた。覚悟していたから、俺はためらわずに通話ボタンをタップした。

「やあ、久しぶり」

「久しぶり。あの、大丈夫？　そろそろ警察での話、聞けるかと思って」

二季の懐かしい声を聞きながら、俺はパソコンのバックスペースキーを押し続けた。想像で綴った父の物語が消えていく。

俺は口を開いた。ディスプレイの白い光が目にしみた。

＊

どこからか金木犀《きんもくせい》の香りが漂ってきた。観光客にバス乗り場を案内し、ひらひらと手を振って見送った狩野は、香りのもとを探して首を巡らせた。爽やかに晴れた日曜の朝、神倉駅前は混雑している。金木犀は見つけられず、その香りも焼き菓子のにおいに紛れて消えてしまった。

羽瀬倉幹雄のことを思い出すのは、こういうふとした瞬間だ。警察が取り調べにおける過失を公式に認めていない以上、遺族に謝罪することもできずにきた。ようやく息子に謝罪したものの、それが彼にとってどんな意味を持つのかはわからない。単なるこちらの自己満足かもしれない。

大久保恭に告げたとおり、羽瀬倉幹雄は本当に犯人だったかと訊かれれば、イエスと断言できる。だが、最後の言葉の意味は不明のままだ。彼は俺の取り調べを苦にして自殺したのか。俺が殺したのか。この五年、考え続けているが答えは出ない。

「葉桜さんから刑事課に誘われました」

隣に立った月岡がさらりと言った。金木犀の香りがしますね、と言うような調子だった。見れば、顔は駅のほうへ向けたまま雑踏に目を配っている。

「やってみようと思います」

「へえ、そりゃいい。みっちゃんならやれるよ」

「狩野さんは戻るつもりはないんですか。例の取り調べについて、報道された内容はかなり誇張されたものだったと聞きました。かつて狩野さんの取り調べを受けた元受刑者が、悪意をもってでっち上げたことまでもが、あたかも事実であるかのように世間に伝わってしまったと」

葉桜ならともかく、月岡がこんなことを言うとは意外だった。けっして薄情ではないが、他人のことには口を出さないタイプだと思っていたが。

「ないよ」

羽瀬倉幹雄の取り調べは適法だったと認識している。だが、凶悪な犯罪者に対する強い憎しみから、限界まで厳しく接した自覚はある。その死について答えは出ないが、答えが出ないということ自体が罪だろう。それに理由がどうであれ、自殺の意志に気づかずみすみす死なせてしまったのは事実だ。また自分は人を殺してしまうのではないかという恐れと戦いながら、どうにかこうにか警察官を続けている。

月岡はそれ以上は言わなかった。体ごと狩野のほうを向き、頭を下げる。

「狩野さんのおかげです」

狩野は目をしばたたき、それからいつものようにへらっと笑った。

「じゃ、勤務が明けたら甘いもんでもおごってよ」

足もとで、おまわりさん、と小さな声がした。幼い女の子が今にも泣きだしそうな顔でこちらを見上げている。

狩野はその場にしゃがみ込み、にっこりと笑いかけた。

神倉駅前交番は今日も忙しい。

解説

香山《かやま》二三郎《ふみろう》

交番の歴史は意外に古い。

江戸時代、江戸市中の治安は奉行所によって守られていたが、その規模や人数は限られたものだった。維新後、明治政府は新たに邏卒《らそつ》を採用して屯所を中心に街の警備に当たらせたが、一八七四年（明治七年）にヨーロッパの警察制度をもとに東京警視庁が設置されると、邏卒改め巡査を市内に配置した交番所で立番させるようになる。その七年後、交番所は派出所に改称され、警察官が交替で勤務につくようになり、八八年（明治二一年）には警察官が施設に居住する駐在所も設置され、地域の治安警備の形が整うのである。

一五〇年近い歴史を持つ交番は日本の警察の屋台骨を支えてきたといっても差し支えないだろう。庶民と日頃から接する機会が多いのは交番のおまわりさんだし、犯罪に出くわしたりしたときにまず交番に知らせることも多いのでは。

しかし残念ながら、交番（とそこに勤務する警察官）の活躍を描いた小説は、ミステリーに限ってもそれほど多くない。マンガでは、一九七六年に登場して以来四〇年にわたって雑誌連載が続いた秋本治の超ベストセラー『こちら葛飾区亀有公園前派出所』（通称こち亀）があまりに有名だが、交番小説にはこち亀のようなジャンルを代表する作品さえすぐには浮かんでこないようなありさまなのだ。

しかし、ついにジャンルの顔となるべき交番もののミステリーが現れた。それが本書『偽りの春　神倉駅前交番　狩野雷太の推理』だ。

といっても、こち亀の両津勘吉のように、よくも悪くも型破りな主人公の活躍を描いた話ではない。全五篇収録の連作集であるが、副題にある「神倉駅前交番」の「狩野雷太」は一見どこにでもいそうな中年のおまわりさんだ（神倉のモデルは神奈川県鎌倉市）。

最初の「鎖された赤」はのっけから少女を拉致、監禁している「僕」こと宮園尊の独白から幕を開ける。そう、これは犯罪者の犯行を冒頭で明かしてしまう倒叙もの仕立て。尊は幼いころから薄暗い部屋で赤い着物の少女を世話する男の映像に性的欲望を抱いていたが、認知症で施設に入った神倉市の祖父の家を訪ねたとき、それが現実味を帯びる。空き家になったその家には古い土蔵があり、そこには長年取り憑かれてきた部屋があった。彼はその部屋で世話をする少女を物色し始める。

少女の拉致・監禁犯罪は現実にも後を絶たないが、著者は犯人の異常な心理と行動の闇に迫る。ジョン・ファウルズの古典『コレクター』を始めこのジャンルの名作をあれこれ髣髴《ほうふつ》させる濃やかな筆致の妙。だが本篇が一味異なるのは、後半の展開――犯人宮園尊と狩野雷太が繰り広げる心理戦にある。狩野が何をきっかけに尊の犯行に気付くのかは、ぜひ本文でお確かめいただくとして、彼の登場をきっかけに話が一気に名探偵ものに傾いていくところにご注目を。狩野はやはりただの交番警官じゃなかった！

続く表題作「偽りの春」はこれまた犯罪者視点で始まる。「私」、水野光代はゴルフの派遣キャディをしながら標的を選定、高齢者の財産を搾り取る詐欺グループのリーダーを務めていた。だがある日、仲間の男女二人が稼ぎを手に出奔、残された仲間と事後策を練る羽目に。ここが潮時と見た光代は密かに住み慣れた神倉を出ようと決めるが、彼女はアパートの隣室に住む、この春小学校に入る波瑠斗にランドセルをプレゼントする約束をしていた。街を去る前に、彼女は最後の一仕事を済ませるのだが……。

水野光代は偽名。自らが男に唆されて横領事件を起こして以来、騙す立場に回って幾年月、詐欺師人生を歩んできた光代の生きざまからは、「鎖された赤」の宮園尊とはまたちょっと違う悲哀が伝わってこよう。彼女に最後通牒《つうちょう》を突きつけるのはもちろん狩野雷太であるが、その登場の仕方が前話と少し違っていてまた面白い。最後のヒネリといい、こちらも犯罪ミステリーと名探偵ミステリーのうまみを兼ね備えた逸品である。

三篇目の「名前のない薔薇」の語り手の「俺」、絵坂祥吾は泥棒だ。彼は母親の入院先で看護師の浜本理恵と知り合い意気投合するが、自分の仕事を恥じ彼女の前から去ろうとする。そんな祥吾に理恵は泥棒である証に隣町の薔薇屋敷からとある薔薇を一輪盗むよう懇願、彼は願いを叶えたのち、別件で逮捕される。四年後、シャバに戻った祥吾は理恵が「美人すぎる園芸家」として人気を博しているのを知る。

理恵の転身は彼の盗んだ薔薇によるものなのか、話はそこから二転三転。例によって、交番警官である狩野が祥吾と理恵の関係にどんなふうに関わってくるのかがポイントだが、本篇の読みどころは実は別にあって、それは狩野の過去に関わることだ。前二篇では、狩野がかつて「落としの狩野」と呼ばれた神奈川県警捜査一課きっての腕利きだったこと、そして何か事情があって交番勤務に左遷されたらしいことはわかっているが、詳細は不明。それがこの「名前のない薔薇」で唐突に提示されるのである。

そして狩野の過去は、連作仕立ての終わりの二篇「見知らぬ親友」と「サロメの遺言」でも重要な意味を持ってくる。前者は神倉美術大学の学生たちの話。その三年生渡辺美穂と米原夏希はマンションに同居し端から見ると親友関係だったが、苦学生の美穂はフーゾク店でバイトしていたのを県会議員を父に持つ夏希に目撃され、以後彼女に逆らえなくなっていた。心中では夏希を憎悪する美穂は報復を企むが、それがやがて思わぬ事態を招く。

この話はまず時代背景に注目。東日本大震災後間もない頃の出来事ということで、すなわち過去の話なのだ。そして物語は、美穂と同期の油絵科の女学生が殺され、恩師の教授が逮捕された後自殺する事件が起きたというところで幕を閉じる。何だか煮え切らない終わり方だが、最終話の「サロメの遺言」は再び現在に戻って、人気ライトノベル作家「俺」、高木カギが人気声優・詩杜エミリの毒死現場にいるところから始まる。数日後、高木の自宅から青酸カリが発見され、彼は逮捕される。高木は五年前、指導していた女子学生を殺害した容疑で逮捕、黙秘後自殺した神倉美術大学教授の息子だった。高木は神倉駅前交番の狩野を連れてくれれば聴取に応じるというのだが……。

高木は果たして詩杜を殺したのか、その顚末もさることながら、物語の興味はやはりこの一件に狩野がどう関わっているのかにあろう。「名前のない薔薇」以降の三篇は、かように各篇の事件の謎解きもさることながら、狩野雷太の過去の謎解きも同時進行していく。そもそもリアリスティックな倒叙スタイルの犯罪サスペンスでハラハラドキドキさせる前半から、狩野が刑事コロンボばりの洞察力を発揮する名探偵推理の後半へと転じる各篇の作りからして凝っているのに、そこまでやりますかといいたくなるほどの凝り性ぶりではないか。

表題作が第七一回日本推理作家協会賞（短編部門）を受賞したのもむべなるかな。考えてみれば、著者はデビュー時からすでに即戦力のプロだった。それもそのはず、降田天が鮎川颯と萩野瑛の二人からなる作家ユニットであることは広く知られているが、二人は早くから少女小説で活躍しており、降田天名義の長篇『女王はかえらない』で二〇一四年の第一三回『このミステリーがすごい！』大賞を受賞したのは、再デビューだったのだ。同賞の選考委員として筆者がその現場に立ち会えたのは誠に幸運だったが、女性二人のユニットと聞いて、執筆も倍速かとつい思ったのはとんだ勘違い、文章にも仕掛けにも妥協を許さないアーティスト気質だったようで、本書においても、ネタ探しから、取材、話作りまで、苦労を重ねた成果が表れている。

そしてそれは、狩野雷太シリーズ初長篇になる次作『朝と夕の犯罪』（二〇二一年九月二九日刊）でも見事に結実している。シングルファーザーのもとで育った後、離れ離れに暮らすことになったアサヒとユウヒの兄弟。一〇年ぶりに再会した二人は震災で傾いた養護施設を救うため危険な犯罪に手を染めることになるが、物語はそこから先の読めない展開を見せる。『女王はかえらない』を思い起こさせる、凝りに凝った構成。むろん狩野がどこから物語に絡み始めるのかにも注目で、著者の新たな代表作になること必至だ。乞う、ご期待！

本書は、二〇一九年四月に小社より刊行された
単行本を加筆修正のうえ、文庫化したものです。
本書はフィクションであり、実在の人物・団体
とは無関係であることをお断りいたします。

監修　石橋吾朗
取材協力　京成バラ園芸株式会社　武内俊介

偽《いつわ》りの春《はる》
神倉駅前交番《かみくらえきまえこうばん》　狩野雷太《かのうらいた》の推理《すいり》

降田《ふるた》 天《てん》

令和３年　９月25日　初版発行
令和６年　10月10日　９版発行

発行者●山下直久

発行●株式会社KADOKAWA
〒102-8177　東京都千代田区富士見2-13-3
電話　0570-002-301（ナビダイヤル）

角川文庫 22829

印刷所●株式会社KADOKAWA
製本所●株式会社KADOKAWA

表紙画●和田三造

●お問い合わせ
https://www.kadokawa.co.jp/（「お問い合わせ」へお進みください）
※内容によっては、お答えできない場合があります。
※サポートは日本国内のみとさせていただきます。
※Japanese text only

ISBN 978-4-04-111876-4　C0193

JASRAC 出 2106697-409

◆◇◇

角川文庫発刊に際して

角川源義

第二次世界大戦の敗北は、軍事力の敗北であった以上に、私たちの若い文化力の敗退であった。私たちの文化が戦争に対して如何に無力であり、単なるあだ花に過ぎなかったかを、私たちは身を以て体験し痛感した。西洋近代文化の摂取にとって、明治以後八十年の歳月は決して短かすぎたとは言えない。にもかかわらず、近代文化の伝統を確立し、自由な批判と柔軟な良識に富む文化層として自らを形成することに私たちは失敗して来た。そしてこれは、各層への文化の普及滲透を任務とする出版人の責任でもあった。

一九四五年以来、私たちは再び振出しに戻り、第一歩から踏み出すことを余儀なくされた。これは大きな不幸ではあるが、反面、これまでの混沌・未熟・歪曲の中にあった我が国の文化に秩序と確たる基礎を齎らすためには絶好の機会でもある。角川書店は、このような祖国の文化的危機にあたり、微力をも顧みず再建の礎石たるべき抱負と決意とをもって出発したが、ここに創立以来の念願を果すべく角川文庫を発刊する。これまで刊行されたあらゆる全集叢書文庫類の長所と短所とを検討し、古今東西の不朽の典籍を、良心的編集のもとに、廉価に、そして書架にふさわしい美本として、多くのひとびとに提供しようとする。しかし私たちは徒らに百科全書的な知識のジレッタントを作ることを目的とせず、あくまで祖国の文化に秩序と再建への道を示し、この文庫を角川書店の栄ある事業として、今後永久に継続発展せしめ、学芸と教養との殿堂として大成せんことを期したい。多くの読書子の愛情ある忠言と支持とによって、この希望と抱負とを完遂せしめられんことを願う。

一九四九年五月三日

角川文庫ベストセラー

バック・ステージ　芦沢　央

もうすぐ始まる人気演出家の舞台。その周辺で次々起きる4つの事件が、二人の男女のおかしな行動によって思わぬ方向に進んでいく……一気読み必至、大注目作家の新境地。驚愕痛快ミステリ、開幕！

教室が、ひとりになるまで　浅倉秋成

北楓高校で起きた生徒の連続自殺。ショックから不登校になっている幼馴染みの自宅を訪れた垣内は、彼女から「三人とも自殺なんかじゃない。みんな殺された」と告げられ、真相究明に挑むが……。

本性　伊岡　瞬

他人の家庭に入り込んでは攪乱し、強請った挙句に消える正体不明の女《サトウミサキ》。別の焼死事件を追っていた刑事の下に15年前の名刺が届き、刑事たちは過去を探り始め、ミサキに迫ってゆくが……。

少女は夜を綴らない　逸木　裕

「人を傷つけてしまうのではないか」という強迫観念をなだめるため、身近な人間の殺害計画を「夜の日記」に綴る中学3年生の理子。秘密を知る少年・悠人に脅され、彼の父親の殺害を手伝うことになるが――。

幻夏　太田　愛

少女失踪事件を捜査する刑事・相馬は現場で奇妙な印を発見した。それは23年前の夏、忽然と消えた親友の少年が残した印と同じだった。印の意味は？　やがて相馬の前に司法が犯した恐るべき罪が浮上してくる。

角川文庫ベストセラー

季節はうつる、メリーゴーランドのように　岡崎琢磨

男女だけど「親友」の夏樹と冬子。日常の謎解きという共通の趣味で2人は誰よりもわかり合えていた。しかし夏樹は冬子に片想いしていて……驚愕のエンディングに、あなたはきっと、目を瞠る。

医学のたまご　海堂　尊

曾根崎薫14歳。ごくフツーの中学生の彼が、ひょんなことから「日本一の天才少年」となり、東城大の医学部で研究することに！　だが驚きの大発見をしてしまい大騒動へ。医学研究の矛盾に直面したカオルは……。

お電話かわりました名探偵です　佐藤青南

Z県警通信司令室には電話の情報から事件を解決に導く凄腕の指令課員がいる。千里眼を上回る洞察力ゆえにその人物は〈万里眼〉と呼ばれている——。通信指令室を舞台に繰り広げられる、新感覚警察ミステリ！

暴走　周木　律

警備員の島浦が勤めるのは、産業ロボットに管理された最新鋭化学工場。ある日、突然警報が鳴り響くと、島浦のいるシェルターの外で次々と人が死んでいく。パニックに陥る工場で、何が起きているのか——。

あなたもスマホに殺される　志駕　晃

中学教師・鈴木のスマホにある日、自殺志願者が匿名で相談し合う奇妙なSNSから招待が届く。虜になる鈴木だったが、やがてそのSNSは学校中に蔓延し、利用者たちは一様に自殺を肯定するようになり……。

角川文庫ベストセラー

平成ストライク

青崎有吾、天祢涼、乾くるみ、井上夢人、小森健太朗、白井智之、千澤のり子、貫井徳郎、遊井かなめ

平成を見つめ、令和を生きるすべての人に贈るアンソロジー！　福知山線脱線事故、炎上、消費税、東日本大震災など――。平成の時代に起きた様々な事件・事象を、9人のミステリ作家が各々のテーマで紡ぐ。

GIVER
復讐の贈与者

日野草

過去に負い目を抱えた人々に巧みに迫る、正体不明の復讐代行業者。彼らはある「最終目的」を胸に、人の「一番の弱み」を利用し、追い詰めていく。恨む人・恨まれる人を予想外の結末に導く6つの復讐計画とは？

初恋は坂道の先へ

藤石波矢

本が届いた日、恋人が失踪した。贈り主は彼女が以前話していた「忘れられない初恋相手」なのか？　後半の仕掛けにうなること間違いなしの青春小説×ミステリ。第1回ダ・ヴィンチ「本の物語」大賞受賞作。

ヘルドッグス
地獄の犬たち

深町秋生

関東最大の暴力団・東鞘会で頭角を現す兼高昭吾は密命を帯びた潜入捜査官だった！　彼が追う、警視庁を揺るがす重大機密とは。そして死と隣り合わせの兼高の運命は？　警察小説の枠を超えた、著者の代表作！

臨床真理

柚月裕子

臨床心理士・佐久間美帆が担当した青年・藤木司は、人の感情が色でわかる「共感覚」を持っていた……美帆は友人の警察官と共に、少女の死の真相に迫る！　著者のすべてが詰まった鮮烈なデビュー作！